Der Wecker klingelt

Der Wecker klingelt

Theo Bierbrauer

Bibliografische Information der Deutschen Nationalbibliothek: Die
Deutsche Nationalbibliothek verzeichnet diese Publikation in der Deutschen
Nationalbibliografie; detaillierte bibliografische Daten sind im Internet über
dnb.dnb.de abrufbar.

Die automatisierte Analyse des Werkes, um daraus Informationen
insbesondere über Muster, Trends und Korrelationen gemäß §44b UrhG
(„Text und Data Mining") zu gewinnen, ist untersagt.

© 2025 Theodor Bierbrauer (i.d.R. Theo Bierbrauer)

Verlag: BoD · Books on Demand GmbH, Überseering 33, 22297 Hamburg,
bod@bod.de

Druck: Libri Plureos GmbH, Friedensallee 273, 22763 Hamburg

ISBN: 978-3-8192-0001-4

Für einen Straßenmaler aus England,

durch den ich die Motivation gefunden habe zu schreiben

1

Der Wecker klingelt

Er öffnet seine Augen, streckt sich und schiebt seine Decke zur Seite.

Er steht von seiner Matratze auf und geht ins Badezimmer.

Er entkleidet sich, legt seine Klamotten auf den Boden und betrachtet sein Spiegelbild.

Er trottet zur Dusche, schaltet sie an und lässt das Wasser über seinen Körper laufen.

Irgendwann schaltet er die Dusche ab, steigt aus der Duschkabine heraus und wirft sich seinen Bademantel über.

Er legt seine Klamotten in seinen Wäschekorb und dann geht er in die Küche. Dort macht er sich einen Kaffee und macht sich ein Butterbrot zum Frühstück.

Er geht erneut ins Badezimmer, um sich die Zähne zu putzen. Anschließend stapft er in sein Schlafzimmer, zieht sich an, nimmt sich seine Tasche und verlässt die Wohnung.

Er geht zur U-Bahn-Station, um zu seiner Arbeitsstelle zu fahren.

An der Haltestelle wartet er eine Weile und als die Bahn schließlich kommt, steigt er ein, fährt einige Stationen, bis er aussteigt und sich auf den Weg zu seiner Arbeitsstelle macht. Dort angekommen, tritt er ein, betritt den Fahrstuhl, fährt auf eine andere Etage, geht zu seinem Schreibtisch und setzt sich auf seinen Schreibtischstuhl. Für einen Moment blickt er auf den Bildschirm seines Computers, schaltet ihn schließlich ein und beginnt seine Schicht.

Um die Mittagszeit macht er sich auf den Weg zur Cafeteria für seine Mittagspause. Die Bedienung hinter der Theke reicht ihm einen Teller Suppe und er trägt diesen an einen der Tische. Er setzt sich hin, blickt für einen Moment auf seine Spiegelung in der Suppe und beginnt zu essen.

Als er aufgegessen hat, bringt er sein Geschirr weg und kehrt zu seinem Arbeitsplatz zurück.

Am Abend, als seine Schicht vorüber ist, verlässt er das Arbeitsgebäude, geht zur U-Bahn-Station und wartet auf die Bahn. Als diese einfährt, steigt er ein und fährt zurück nach Hause.

Nachdem er an der U-Bahn-Haltestelle angekommen ist, läuft er zu seiner Wohnung. Er schließt seine Haustür auf, zieht seine Schuhe aus, stellt seine Tasche ab und hängt seine Jacke auf. Er begibt sich in seine Küche, kocht sich ein Abendessen und räumt anschließend die Küche auf. Daraufhin schaut er eine Weile fern und geht anschließend noch ins Badezimmer. Er putzt sich die Zähne, geht in sein Schlafzimmer und zieht sich einen Schlafanzug an.

Er tritt ans Schlafzimmerfenster heran und steht für eine Weile da. Er blickt in die Dunkelheit hinaus. Dann geht er schlafen.

2

Der Wecker klingelt.

Er öffnet seine Augen, streckt sich und schiebt seine Decke zur Seite.

Er hievt sich von seiner Matratze und geht ins Badezimmer.

Er entkleidet sich, legt seine Klamotten auf den Boden und betrachtet sein Spiegelbild.

Er trottet zur Dusche, schaltet sie an und lässt das Wasser über seinen Körper laufen.

Irgendwann schaltet er die Dusche ab, steigt aus der Duschkabine und wirft sich seinen Bademantel über.

Er legt seine Klamotten in seinen Wäschekorb und geht in die Küche. Dort macht er sich einen Kaffee und macht sich ein Brot zum Frühstück.

Er geht erneut ins Badezimmer, um sich die Zähne zu putzen. Dann stapft er in sein Schlafzimmer, zieht sich an, nimmt sich seine Tasche und verlässt seine Wohnung.

Er geht zur U-Bahn-Station, um zu seiner Arbeitsstelle zu fahren.

An der Haltestelle wartet er auf seine Bahn. Auf einmal hört er, wie eine Lautsprecherdurchsage verkündet, dass die Bahn etwa fünf Minuten Verspätung haben wird.

Sein Blick schweift entlang des Bahnsteiges und verheddert sich plötzlich, als wäre er in einem Spinnennetz hängen geblieben. Zwischen den dunklen, starren Türmen von dunkel gekleideten Menschen auf dem Gleis sieht er eine Frau - eine Frau in einem wehenden, roten Kleid.

Die Bahn fährt ein und holt ihn zurück in den Moment. Er steigt ein und die Bahn fährt los.

Während der Fahrt wandert sein Blick durch den Wagon, doch in dem dunklen Menschenmeer ist kein einziger Fetzen Rot zu erkennen.

Eine monotone Lautsprecherdurchsage kündigt seine Haltestelle an. Als die Bahn anhält, steigt er aus und läuft zum Arbeitsgebäude. Dort angekommen, tritt er ein, nimmt den Fahrstuhl, fährt auf die zweite Etage und geht zu seinem Schreibtisch.

Seine Augen treffen die seines Spiegelbildes auf dem Computerbildschirm. Er begutachtet sich selbst, bis er seinen Computer schließlich einschaltet und seine Schicht beginnt.

Um die Mittagszeit macht er sich auf den Weg zur Cafeteria für seine Mittagspause.

Die Luft im Speisesaal ist schlecht, es ist stickig. Der Geruch von Essen staut sich im Raum. Die Bedienung hinter der Theke reicht ihm einen dampfenden Teller Nudeln, er nimmt ihn entgegen und trägt ihn an einen leeren Tisch. Er setzt sich hin und sein Blick verliert sich zwischen den Tischen und Stühlen vor sich.

Von irgendwoher kommt eine Melodie, dann wacht er aus seinem Tagtraum auf und beginnt zu essen.

Als er sein Essen aufgegessen hat, nimmt er sein Geschirr und bringt es zu einem Wagen, auf dem er alles abstellt.

Er kehrt zu seinem Arbeitsplatz zurück und beginnt damit, auf einige E-Mails zu antworten.

Gegen 17:27 Uhr hat er alles erledigt und verlässt das Arbeitsgebäude. Er macht sich wieder auf den Weg zur U-Bahn-Station.

Es hat bereits angefangen zu dämmern, Schattenzüge von Menschen donnern an ihm vorbei und er senkt seinen Blick.

An der Haltestelle angekommen, setzt er sich auf eine der kalten, grauen Plastikbänke und wartet auf das Einfahren der Bahn. Als diese einfährt, steigt er ein und starrt während der kompletten Fahrt aus dem Fenster, in dem Versuch ein Bild von der Welt draußen zu erhaschen, aber er sieht nur sein eigenes Gesicht auf der Scheibe.

Als die Bahn auf dem unterirdischen Gleis einfährt, steigt er aus und blickt sich erwartungsvoll um.

Doch die Haltestelle ist dunkel, wie ein Schwarz-Weiß Film und egal, wie sehr er seine Augen anstrengt, der Film bleibt farblos.

Er läuft zu seiner Wohnung, schließt seine Haustür auf, zieht seine Schuhe aus, hängt seine Jacke auf und stellt seine Tasche in seinem Schlafzimmer ab. Er begibt sich in seine

Küche und beginnt sich etwas Reis zu kochen, dazu macht er sich ein Brötchen mit Spiegelei und Käse.

Als er aufgegessen hat, räumt er noch seine Küche auf, bevor er in sein kleines Wohnzimmer geht und sich vor seinen Fernseher setzt. Er schaltet sich für etwa eine Stunde durch die unterschiedlichen Programme, bis er irgendwann beschließt, ins Badezimmer zu gehen.

Er wäscht sein Gesicht, putzt seine Zähne und geht schließlich in sein Schlafzimmer. Er zieht seinen Schlafanzug an und tritt ans Schlafzimmerfenster heran.

Er blickt hinaus in die Dunkelheit, die hier und da von ein paar in der Ferne schimmernden Lichtern gebrochen wird. Dann legt er sich schlafen.

3

Der Wecker klingelt.

Er öffnet seine Augen, streckt sich, gähnt und schiebt seine graue Decke zur Seite.

Er hievt sich von seiner Matratze und geht ins Badezimmer.

Er entkleidet sich, legt seine Kleidung auf den Boden und tritt an den Spiegel über dem

Waschbecken. Er mustert sein Spiegelbild, das ihn mit nüchternem Blick anblickt, wobei es eher durch ihn hindurchzublicken scheint.

Nach 30 Sekunden wendet er sich ab und trottet zur Duschkabine. Er schaltet die Dusche ein und lässt das Wasser über seinen Körper fließen. Irgendwann schreckt er hoch. Er greift nach seinem Shampoo. Als er die Flasche öffnet, steigt ihm der neutrale, doch frische Geruch in die Nase.

Etwa sechs Minuten später schaltet er die Dusche aus, steigt aus der Duschkabine, trocknet sich ab und wirft sich seinen Bademantel über.

Er trägt seine Kleidung ins Schlafzimmer. Dann geht er in die Küche, nimmt sich eine Tasse und beginnt sich einen Kaffee zu kochen. Sobald dieser fertig ist, stellt er die gefüllte, dampfende Tasse auf den Tisch, kramt Butter aus seinem Kühlschrank, schneidet sich eine Scheibe Brot ab und streicht die Butter darauf. Er legt das Brot und die Butter zurück in den Kühlschrank und platziert sein Brot auf einem Teller, stellt diesen ebenfalls auf den Tisch und beginnt zu frühstücken.

Als Tasse und Teller leer sind, stellt er beides in die Spülmaschine, geht erneut ins Badezimmer, putzt sich die Zähne und läuft in sein Schlafzimmer. Dort öffnet er die Tür seines Kleiderschrankes und holt ein weißes Hemd, eine dunkelgraue Jeans, einen grauen Strickpullover und sein schwarzes Sakko heraus und zieht sich an.

Er greift sich seine Tasche, geht zur Tür, schlüpft in ein paar schwarze Lederschuhe, wirft sich seinen Mantel über und verlässt seine Wohnung.

Er geht zur U-Bahn-Station und betritt den unterirdischen Bahnsteig. Es riecht streng.

Sein Blick wandert entlang eines Waldes aus grauen und schwarzen Bäumen, doch dazwischen und etwas entfernt sieht er die Frau im roten Kleid.

Ein lautes, dumpfes Rattern reißt ihn einen Moment später zurück aus seiner Starre. Die Bahn fährt ein und der Wald löst sich auf. Schnellen Schrittes schreitet er zu einer der Wagentüren und steigt ein.

Während der Fahrt erwischt er sich mehrmals dabei, wie er den Wagen absucht. Doch dann ist es schon wieder Zeit für ihn auszusteigen. Er dreht sich noch einmal zur Bahn um. Als diese beschleunigt und an ihm vorbeifährt, rückt für einen kurzen Moment etwas Rotes in sein Blickfeld, wie eine Ampel, die von einer Sekunde auf die andere auf "Rot" springt. Er schaut der Bahn noch ein paar Sekunden nach. Dann wendet er seinen Blick ab und macht sich auf den Weg, um zur Arbeit zu kommen.

Acht Minuten später erreicht er das Gebäude seiner Arbeitsstelle. Er tritt ein, scannt beim Schalter am Eingang seine Chip-Karte und geht durch die Lobby. Mit schnellen Schritten geht er auf den Aufzug zu, wartet einen kurzen Moment, bis dieser anhält und die Türen sich mit einem Zischen öffnen. Die Luft in der kleinen Kabine ist sehr schlecht. Es riecht nach allem und doch nach nichts Speziellem. Er fährt in die zweite Etage und macht sich auf den Weg zu seinem Arbeitsplatz.

Er setzt sich auf seinen Schreibtischstuhl und blickt auf den schwarzen Monitor vor seinem Gesicht. Sein eigenes Gesicht, das er auf der schwarzen Oberfläche des Bildschirms sieht, erscheint ihm fremd. Wie ein Zwillingsbruder, den er seit Jahren zum ersten Mal wieder sieht. Ein paar Sekunden später schaltet er seinen Computer ein und als der Monitor hochfährt, färbt er sich rot. Er beginnt seine Schicht, indem er sich in sein E-Mail-Programm einloggt und neu eingegangene Nachrichten beantwortet.

Während er dabei ist eine Excel-Tabelle anzufertigen, reißt ihn das Klingeln des Telefons, das auf seinem Tisch steht, aus seinen Gedanken. Zögerlich hebt er den Hörer ab und begrüßt die Person am anderen Ende der Leitung.

Nach einer Reihe weiterer E-Mails und einigen Kundengesprächen ist es Zeit für seine Mittagspause.

In der Cafeteria angekommen, geht er zur Theke und nimmt einen Teller mit Bratkartoffeln, Spinat und Hähnchenfleisch von der Bedienung entgegen. Mit dem Teller in der Hand blickt er sich in dem Raum um, um zu entscheiden, wo er sich hinsetzen soll. Da kein Tisch vollkommen leer ist, geht er auf einen Tisch zu, an dem bloß vier andere Männer sitzen.

Sie blicken minimal auf, als er sich an den Tisch, etwa 3 Meter von ihnen entfernt, hinsetzt. Er spitzt seine Ohren, als er Musik hört, doch nur für einen sehr kurzen Moment. Dann nimmt er Gabel und Messer in seine Hände und betrachtet das fremde Gesicht, das sich auf der Rückseite der Gabel spiegelt. Dann beginnt er zu essen.

Als er fertig ist und aufgegessen hat, fährt er mit dem Aufzug zurück auf die zweite Etage und geht zu seinem Schreibtisch.

Um 16:00 Uhr geht er an die Kaffeemaschine und füllt sich eine Tasse.

Um 17:20 Uhr hat er sämtliche Aufgaben für den Tag erledigt. Er schaltet seinen Computer aus, nimmt seine Tasche, fährt mit dem Fahrstuhl in die Lobby und verlässt das Gebäude.

Die Brise, die ihm entgegenkommt, sobald er das Gebäude verlässt, ist frisch und kalt - er wird wacher. Kurz steht er regungslos da. Dann setzt er sich in Bewegung, in Richtung der U-Bahn-Station.

Der Menschenwald um ihn herum wirkt auf ihn dichter, aber etwas weniger trostlos vor als am Morgen.

Die U-Bahn-Haltestelle ist fast leer. Seine Schritte hallen laut von den Wänden und kommen ihm wie das Trommeln eines Schlagzeuges oder das bedrohliche Trampeln herbeirennender Bisons vor. Er setzt sich auf eine der Bänke und schließt seine Augen. Der künstliche Plastikgeruch der U-Bahn-Station ist für ihn plötzlich überdeutlich.

Als er die Bahn einfahren hört, öffnet er die Augen, springt hoch und betritt die Bahn, sobald sich die Tür vor ihm öffnet. Er setzt sich auf einen Sitz am Fenster. Das leise Murmeln der Menschen in dem Wagen türmt sich aufeinander und klingt wie ein Regenschauer.

Er legt eine Hand auf das kalte und beschlagene Fenster der Bahn und wischt in einem Bogen von der einen Seite zur anderen. Verschwommen erkennt er draußen einige Bäume und Lichter, die eine Einkaufsstraße beleuchten, auf der sich Menschen in kleinen Gruppen bewegen. Vor allem aber sieht er seine eigene Spiegelung im Fenster, die auf eine gewisse Art neugierig ausschaut, wie ein kleiner Junge, der zum ersten Mal das Meer erblickt, aber auch gleichzeitig mit einer Leere in den Augen durch ihn durchblickt, als ob er nicht weiß, was er fühlen soll.

Er drückt sich von seinem Sitz hoch, als er hört, wie die Lautsprecherstimme die Haltestelle ausruft, an der er aussteigen muss.

Als die Bahn hält, betritt er den Bahnsteig, schaut nach rechts und nach links. Mit leicht ernüchterter Miene verlässt er die U-Bahn-Station und macht sich auf den Weg zu seiner Wohnung.

Während er mit langen Schritten an den steil aufragenden Häuserzeilen vorbeizieht, nimmt er aus den Augenwinkeln die entlang gleitenden Lichter von Autos und Bussen wahr.

Vor der Eingangstür zu seiner Wohnung angekommen, kramt er den Haustürschlüssel aus seiner Jackentasche heraus, schließt die Tür auf und tritt ein.

Er zieht seinen Mantel aus, hängt ihn neben der Tür auf und geht in die Hocke, um seine Schuhe auszuziehen, bevor er in sein Schlafzimmer geht, seine Tasche abstellt und sein Sakko wieder in seinen Kleiderschrank hängt.

Seine Beine tragen ihn in die Küche, wo er eine Packung Tortellini aus dem Kühlschrank kramt. Er stellt einen Topf auf den Herd, kocht Wasser auf und lässt die Tortellini hinein gleiten.

Als diese schließlich fertiggekocht sind, platziert er sie auf einem Teller, streut etwas Käse darüber und stellt den Teller auf den Tisch. Er geht zu einem Wandregal neben seinem Kühlschrank, nimmt sich ein Glas, füllt es mit Wasser, stellt es neben seinen Teller und beginnt sein Abendessen.

Sobald er aufgegessen hat, stellt er sein Geschirr in die Spülmaschine, befüllt sie mit Geschirrspülmittel und startet das Programm.

Er findet sich in seinem Wohnzimmer wieder und schaltet eine Lampe ein, deren kühles Licht den Raum ein wenig erhellt. Er lässt sich auf sein Sofa fallen und blickt auf den schwarzen, spiegelnden Fernseher. Er greift nach der

Fernbedienung und schaltet den Fernseher an. Die flimmernden Pixel zeigen eine Nachrichtensendung, doch er schaltet weiter zu einem anderen Kanal, auf dem ein Krimi läuft.

Als die Kommissare den Mörder überführt haben, schaltet er den Fernseher aus, steht auf, macht das Licht aus und stapft ins Badezimmer. Dort beginnt er, sich die Zähne zu putzen. Während er in den Spiegel blickt, fällt ihm ein geröteter Punkt auf seiner Stirn auf. Als er ihn berührt, sticht es zwar nur minimal, dennoch schreckt er ein wenig zusammen. Er mustert sich selbst für ein paar Sekunden, dann macht er kehrt und begibt sich in sein Schlafzimmer.

Er streift sich seine Kleidung vom Körper, legt diese zurück in seinen Kleiderschrank, zieht sich seinen Schlafanzug an und tritt an sein Schlafzimmerfenster heran.

Die Gebäude und Straßen der Stadt liegen im Dunkel und scheinen zu schlafen. Zerbrechliches Licht durchzieht die dunklen Straßen wie ein blasser Regenbogen. Für eine Minute lässt er dieses Bild auf sich wirken, bis er sich in sein Bett legt und die Augen schließt.

4

Der Wecker klingelt.

Er öffnet seine Augen, streckt sich, gähnt und schiebt seine graue Decke zur Seite.

Er greift nach seinem Handy auf dem Nachttisch. Reglos liegt es in seiner Hand, kein Ton, kein Aufleuchten - nichts.

Ungeschickt hievt er sich von seiner Matratze und geht ins Badezimmer.

Er entkleidet sich, legt seine Kleidung auf den Boden und tritt an den Spiegel über dem Waschbecken. Sein Spiegelbild blickt ihm mit kühlen, braunen Augen entgegen. Er wischt sich seine Haare aus der Stirn und mustert den rötlichen Punkt auf seiner Stirn, der über Nacht zu einem kleinen Pickel angeschwollen ist. Er dreht seinem Spiegelbild den Rücken zu, steigt in die Dusche, dreht das Wasser auf und wartet, bis es warm ist.

Als die ersten warmen Tropfen über seine Haut fließen, driftet er ab und versinkt in Tagträumen. Nach etwa zwei Minuten schreckt er aus seinen Gedanken auf, greift nach dem Shampoo und beginnt dieses in seine Haare einzumassieren.

Etwa sechs Minuten später schaltet er die Dusche ab, steigt aus der Duschkabine heraus und reibt seinen Körper mit einem Handtuch trocken. Dann legt seine getragene Unterwäsche in den Wäschekorb, zieht sich frische Unterwäsche und seinen Schlafanzug an und wirft sich seinen Bademantel über. Dann geht er in die Küche.

Er nimmt sich eine Tasse und beginnt sich einen Kaffee zu kochen. Er schneidet sich zwei Scheiben Brot ab und streicht Butter, sowie ein dunkelrotes Beerenkompott darauf. Er legt die beiden Scheiben auf einen Teller, stellt diesen auf den Esstisch in der Mitte seiner Küche, setzt sich hin und beginnt sein Frühstück.

Sobald er fertig ist, stellt er das benutzte Geschirr in die Spülmaschine, geht ein weiteres Mal ins Badezimmer und putzt sich die Zähne. Während er mit der Bürste über seine Zähne fährt, fangen ihn die Augen seines Spiegelbildes ein und er merkt nicht, wie stark er die Zahnbürste gegen sein Zahnfleisch drückt.

Als er fertig ist und die Zahnpasta ausspuckt, ist er überrascht, dass ihm rote Blutstropfen inmitten des weißen Schaumes entgegenleuchten.

Nach zehn Sekunden löst sich sein Blick und er öffnet den Wasserhahn, um das Waschbecken und seinen Mund auszuspülen.

Er trägt Deodorant auf und betritt sein Schlafzimmer. Dort öffnet er die Tür seines Kleiderschrankes und holt ein weißes Hemd, eine dunkelgraue Jeans, einen grauen Strickpullover und sein schwarzes Sakko heraus und zieht sich an. Er greift sich seine Tasche, geht zur Tür, schlüpft in sein Paar schwarze Lederschuhe, wirft sich seinen Mantel über und verlässt seine Wohnung.

Er geht in Richtung U-Bahn-Station. Seine Schritte werden langsamer, als er auf einen Kiosk zugeht. Um diesen herum steht eine kleine Gruppe von Menschen, die in ein Gespräch vertieft sind. Er geht weiter und hört aus der Ferne acht Glockenschläge, die vom Wind herangetragen werden.

Drei Minuten später erreicht er die U-Bahn-Station, geht die Treppe hinunter und betritt den Bahnsteig. Wie ein Kind, das auf einer Wiese nach einem vierblättrigen Kleeblatt sucht, wandern seine Augen über das Gleis auf der Suche nach der Frau. Doch keine Spur von der Frau im roten Kleid, nur die graue Kulisse aus stummen Menschen in Anzügen und Blazern.

Angespannt wippt er von einem Bein auf das andere, hin und her. Er schaut auf die Treppe auf der anderen Seite des Gleises. Er wendet seinen Blick erst ab, als ein Rattern aus der Ferne immer lauter wird und näher kommt.

Als die Bahn einfährt und schließlich anhält, geht er zu einer der Türen, drückt auf den Knopf, welcher sich bei seiner Berührung grün färbt, die Tür öffnet sich und er steigt ein.

Als sich die Bahn gerade in Bewegung setzt, reißt er die Augen weit auf und zuckt zusammen.

Hektisch hastet sie die Treppe hinab auf den Bahnsteig. Die Frau in Rot schaut der abfahrenden Bahn nach - und er der Frau.

Fünfundzwanzig Minuten später hält die Bahn, und er steigt aus. Seine Beine setzen sich in Bewegung, in Richtung seiner Arbeitsstelle. Acht Minuten später erreicht er das große, graue Bürogebäude.

Er tritt ein, scannt am Schalter am Eingang seine Chip-Karte und betritt die Lobby.

Der große Raum riecht zitronig nach Reinigungsmitteln. Mit schnellen Schritten geht er auf den Aufzug zu, wartet einen kurzen Moment, bis dieser anhält und die Türen sich mit einem Zischen öffnen. Er tritt ein und kurz bevor sich die Türen komplett schließen, fährt eine Hand dazwischen, um diese aufzuhalten.

Der Mann nickt ihm mit sachlichem Blick zu, stellt sich neben ihn und drückt auf den Knopf mit der Vier.

Die zwanzig Sekunden, die der Fahrstuhl zur zweiten Etage braucht, fühlen sich sehr lange an und die Stille in dem kleinen Raum wirkt laut. Schließlich öffnen sich die Türen, er nickt dem Mann knapp zu und verlässt den Fahrstuhl.

Wie in Zeitlupe geht er an seinen Schreibtisch. Er setzt sich hin und sein Blick fällt auf den schwarzen Monitor vor seinem Gesicht. Er betrachtet sein schattenhaftes Spiegelbild und wischt mit seiner Hand den feinen Staubfilm von der Oberfläche. Dann schaltet er seinen Computer ein und der Monitor färbt sich rot, als er hochfährt.

Während er sein E-Mail-Programm öffnet, lässt er seinen Blick über die Fensterfront auf der Etage schweifen.

Die kleine rote Drei zeigt ihm, dass er seit dem gestrigen Abend drei neue Nachrichten bekommen hat.

Im Verlauf des Vormittags beantwortet er E-Mails von Kund*innen der Firma und trägt Daten in Excel-Tabellen ein.

Vertieft in seine Arbeit schreckt er zusammen, als plötzlich das Telefon auf seinem Tisch klingelt. Er starrt es an, als hätte er es noch nie zuvor gesehen. Dann fasst er sich, nimmt den Hörer in die Hand und hält ihn ans Ohr. „Hallo, Frank Meier von der „SicherPro VersicherungsAG", Wie kann ich Ihnen helfen?", begrüßt er den Kunden am Ende der Leitung mit tonloser Höflichkeit.

Das Telefonat verläuft ohne Probleme und nachdem er aufgelegt hat, lehnt er sich auf seinem Stuhl zurück und atmet tief durch.

Nach einer Minute reglosen Verharrens steht er auf und geht zur Kaffeemaschine. Dort greift er nach einer Tasse mit rotem Muster und füllt diese mit dampfendem Kaffee.

Um 12:30 Uhr steht er erneut von seinem Stuhl auf und macht sich auf den Weg in die Cafeteria.

Die Frau hinter der Theke begrüßt ihn und reicht ihm einen Teller mit Pommes, Bohnen, Preiselbeeren und Fleischklößchen. Die Cafeteria ist ziemlich voll. Mit seinem Teller geht er zu einem der Tische und setzt sich neben eine Gruppe von vier Männern, die ihn alle kurz angebunden begrüßen und sich dann weiter in ein Gespräch über Politik vertiefen, während er sich seinem Essen zuwendet und seinen Kopf erst wieder anhebt, als der Teller leer ist.

Er steht auf und geht an den Männern vorbei, die noch immer über das gleiche Thema reden, wie Charaktere aus einem Videospiel, die nur ein paar wenige, vorgenerierte Antworten geben können.

Er geht zurück zu seinem Arbeitsplatz in der zweiten Etage und nimmt seine Arbeit wieder auf.

Um 16:00 Uhr geht er ein weiteres Mal an die Kaffeemaschine und befüllt die rote Tasse.

Um 17:20 Uhr hat er sämtliche Aufgaben für den Tag erledigt und verlässt das Gebäude.

Draußen ist es überraschend warm, er geht die Straße entlang, vorbei an dunklen Bäumen, die sich im Wind wiegen, Menschen, die wie er von der Arbeit kommen und sich beeilen, um es so schnell wie möglich nach Hause zu schaffen. Er bleibt abrupt stehen, als er eine Menschentraube bemerkt, die sich um einen älteren Mann gebildet hat. Dieser spielt auf einem braunen Klavier und zieht die Menge, ihn eingeschlossen, in seinen Bann.

Die Töne sind leicht, aber dennoch kraftvoll. Die Menschen, die eben noch gehetzt von der Arbeit kamen, wirken auf einmal entschleunigt, die braunen Äste und Blätter der Bäume tanzen im Wind und glänzen in der Abendsonne.

Zögerlich öffnet er sein Portemonnaie, kramt etwas Kleingeld heraus und wirft es in den Hut neben dem Klavier. Der Mann lächelt ihn kurz an, fokussiert sich dann aber sofort wieder auf die weißen und schwarzen Tasten vor ihm.

Frank geht weiter in Richtung U-Bahn. Der Bahnsteig ist fast leer und seine Schritte hallen laut von den dunklen, gemusterten Wänden wieder. Er setzt sich auf eine der Bänke und schließt seine Augen. Leise summt er die Melodie des Klavierspielers nach.

Als er die Bahn einfahren hört, öffnet er die Augen wieder, steht auf und steigt in die Bahn. Frank findet einen freien Platz am Fenster. Der Wagen ist voll und die Stimmen der Menschen wirken wie die eines unorganisierten Chores, die unterschiedliche Lieder singen.

Er blickt aus dem Fenster auf eine kleine, belebte Einkaufsstraße mit Läden und Restaurants.

Durch die verschmierte Fensterscheibe wirkt alles draußen verzerrt und verschwommen, als tanzten die kleinen Gestalten über die Straße. Doch für ihn fühlt es sich weniger lebendig an, eher wie ein alter Film in schlechter Qualität - weit entfernt von echter Realität.

Als die Bahn wieder in den Untergrund hinab fährt, ändert sich das Bild. Er blickt in seine eigenen Augen. Der kleine rote Pickel auf seiner Stirn scheint ihm wie eine Boje durch seine glatten, dunklen Haare entgegen.

Die Bahn hält an der Station Heimersdorf, er betritt den Bahnsteig, blickt sich mehrmals um und verlässt schließlich den grauen Betonklotz der Haltestelle.

Er wendet sich nach links um und macht sich auf den Weg zu seiner Wohnung. Frank kommt an dem Kiosk vorbei, der bereits geschlossen ist. Die Lichter der Autos und Straßenlampen erhellen die trostlosen, beschmutzen Häuserreihen.

Er überquert den Zebrastreifen und bleibt an einem Podest stehen. Anders als die übrigen, die sich entlang der Straße streng aufreihen, ist dieses mit Blumen bepflanzt, die sanft im Wind tanzen. Für einen Moment bleibt sein Blick daran hängen, seine Mundwinkel zucken kaum merklich nach oben, dann setzt er seinen Weg fort.

In seiner Wohnung angekommen stellt er seine Schuhe neben der Tür ab und hängt seinen Mantel an der Garderobe rechts neben seiner Tür auf.

Er schleicht in die Küche, wo er sein Sakko über einen Stuhl legt, seine Tasche abstellt und seinen Kühlschrank öffnet. Er zuckt zusammen, als sein Körper von einer Welle der Kälte getroffen wird.

Seine Augen suchen den Kühlschrank ab und er greift schließlich nach einer Packung Gnocchi und Käse. Er stellt einen Topf auf den Herd, kocht Wasser auf und lässt die Gnocchi hineinfallen. Er beobachtet die Gnocchi, wie sie im blubbernden Wasser hin und her schwimmen. Als diese schließlich fertig sind, füllt er damit Teller, den er auf seinen Esstisch stellt. Aus einem Wandschrank holt er sich ein Glas, das er mit Wasser füllt und neben seinem Teller platziert. Er beginnt zu essen.

Als er fertig ist, räumt er die Spülmaschine aus und beginnt warmes Wasser in Spüle links neben seinem Herd einlaufen zu lassen. Sobald das Becken vollgelaufen ist, tauchen seine Hände erstmals in das warme Wasser ein. Für acht Sekunden verharrt er in dieser Position und beginnt schlussendlich sein benutztes Geschirr sauber zu spülen.

Anschließend geht er in sein Wohnzimmer. Er schaltet zwei Lampen ein, deren Lichter den Raum ein wenig erhellen. Frank setzt sich auf sein graues Sofa, rutscht ein paarmal hin und her und greift dann nach der Fernbedienung, um den Fernseher anzuschalten. Die flimmernden bunten Pixel zeigen einen Werbespot für ein Haarprodukt. Die junge Frau, die es bewirbt, lächelt gestellt in die Kamera.

Das Fernsehbild wechselt nun vom Werbespot zu den 20:00 Uhr Nachrichten. Die Nachrichtensprecherin erzählt von der Wirtschaft, internationalen Treffen und Kriegen.

Sein Blick wendet sich vom Bildschirm ab, als ein Interview mit einem Soldaten gezeigt wird, der aus einem Kriegsgebiet berichtet und bleibt auf dem Schirm der Lampe in der linken Ecke des Zimmers hängen. Er sieht den Schatten einer Mücke, die an der Innenwand des Schirmes entlang krabbelt.

Irgendwann hört er, wie sich die Nachrichtensprecherin verabschiedet. Er wendet seinen Kopf wieder dem Fernseher zu und schaltet auf einen anderen Kanal, auf dem ein Krimi läuft, in dem ein Detektiv einen Erbschaftsmord aufklärt.

Nachdem der Detektiv den Mörder entlarvt hat, schaltet er den Fernseher wieder aus, lehnt sich auf seinem Sofa zurück und schließt seine Augen für einen Moment. Ein paar Sekunden später steht er auf und geht ins Badezimmer. Dort beginnt er, sich die Zähne zu putzen. Währenddessen mustert er sich im Spiegel. Er tastet sein Gesicht ab, fährt sich durch die Haare und begutachtet den Pickel auf seiner Stirn. Als seine Finger über sein Kinn gleiten, spürt er ein leichtes Pieksen und als er sich etwas näher an den Spiegel vorbeugt, entdeckt er ein paar sehr kurze Bartstoppeln. Er spuckt die Zahnpasta aus, spült seinen Mund mit Wasser, macht mit einem verdutzten Gesicht kehrt und begibt sich in sein Schlafzimmer.

Er streift sich die Kleidung vom Körper, legt diese zurück in seinen Kleiderschrank, zieht sich einen Schlafanzug an und tritt an sein Schlafzimmerfenster heran.

Die Gebäude und Straßen der Stadt sind dunkel, nur in vereinzelten Fenstern scheinen Lichter wie Sterne am Himmel. Er atmet einmal tief ein und aus, dann legt er sich in sein Bett, blickt für einige Sekunden an seine Decke und schläft schließlich ein.

5

Der Wecker klingelt.

Er öffnet seine Augen, streckt sich, gähnt einmal ausgiebig und schiebt seine grau gemusterte Decke von sich weg.

Er greift nach seinem Handy auf seinem Nachttisch und setzt sich an die Bettkante. Wie die Sonne an einem heißen Sommertag, blendet das grelle Licht des Displays seine Augen. Als sie sich an das blendende Licht gewöhnt haben, realisiert er, dass er eine neue Nachricht erhalten hat. Er öffnet die Messenger App und liest „Bist du morgen um 12:30 Uhr da?". Zögerlich beginnt er zu tippen. „Ja", schickt er schließlich als Antwort ab, nachdem er seine Gedanken dreimal gelöscht und geändert hat. Wie versteinert starrt er auf sein Handy, acht Sekunden später schüttelt er sich, schließt den Chat mit seinem Vater und legt sein Handy zurück auf den Nachttisch.

Er steht auf und geht mit frischer Unterwäsche in der Hand ins Badezimmer.

Er tritt an den runden Spiegel über seinem Waschbecken. Seine braunen Augen sind leicht gerötet und seine dunklen Haare, die seine Stirn bedecken, enden knapp über seinen Augen. Er streicht sie aus seinem Gesicht. Die Haut um den kleinen roten Pickel herum ist mittlerweile ebenfalls leicht gerötet und er spürt einen leichten Druck darunter, als er die Stelle mit seinem Zeigefinger berührt.

Frank dreht sich schließlich um, entkleidet sich, lässt seine Kleidung auf den Boden fallen und betritt die mickrige Duschkabine.

Er stellt sich unter den Duschkopf und als er das Wasser anschaltet, zuckt er überrascht zusammen, da das Wasser entgegen seiner Erwartung eiskalt ist. Nach einiger Zeit wird es schließlich warm und er lässt das Wasser an sich hinabrinnen. Er schließt seine Augen und in seinem Kopf spielen sich Szenen der letzten Tage ab. Er sieht die Frau im roten Kleid, den Klavierspieler und das mit Blumen bepflanzte Podest.

Als er seine Augen wieder öffnet, greift er nach seiner Shampooflasche, quetscht etwas Shampoo heraus und massiert es in seine Haare ein. Nachdem er es herausgewaschen hat, schaltet er etwa 6 Minuten später die Dusche ab, steigt heraus, trocknet sich ab, zieht sich frische Unterwäsche und seinen Schlafanzug an, legt seine getragenen Klamotten in den Wäschekorb und wirft sich seinen Bademantel über.

Hungrig geht er in die Küche, holt zwei Eier aus dem Kühlschrank, sowie eine Paprika und Butter. Er schneidet die Paprika in Würfel und beginnt, in einer Pfanne mit den Eiern ein Omelett zu braten. Frank gibt die Paprika hinzu und würzt alles mit Salz und Pfeffer.

Die Luft in der Küche beginnt sich etwas zu verdicken und der von der Pfanne aufsteigende Geruch zieht ihm in die Nase. Als das Omelett fertig ist, befördert er es auf einen

Teller und legt eine Scheibe Brot daneben. Als er den ersten Biss nimmt, lächelt er und nickt zufrieden.

Sobald sein Teller leer ist, spült er sein Geschirr wieder sauber, räumt alles zurück und geht in sein Badezimmer. Er nimmt sich seine Zahnbürste und gibt Zahnpasta darauf. Er beginnt die Bürste kreisförmig über seine Zähne zu bewegen und beobachtet sich währenddessen aufmerksam im Spiegel. Als er fertig ist, trägt er ein neutral riechendes Deodorant auf und geht ins Schlafzimmer. Dort öffnet er die Tür seines Kleiderschrankes und holt ein weißes Hemd, einen grauen Strickpullover und sein schwarzes, schon etwas abgetragenes Sakko heraus, zögernd greift er in seine Hosenschublade - so, als würde er nicht wissen, ob darin vielleicht eine giftige Schlange auf ihn wartet. Er zieht schließlich eine dunkelblaue Hose heraus, die er mit ausdruckslosem Blick mustert, aber letztendlich anzieht.

Er greift sich seine Tasche, geht zur Haustür, schlüpft in seine schwarzen Lederschuhe, wirft sich seinen Mantel über und verlässt die Wohnung.

Er macht sich auf den Weg zur U-Bahn-Station und hört die acht Glockenschläge der Kirche im Hintergrund, woraufhin er beginnt, seine Schritte zu beschleunigen.

Sein Gang wird allerdings wiederum langsamer, als der kleine Kiosk in sein Blickfeld rückt und er schließlich unentschlossen davor stehen bleibt.

Die Luft riecht nach Zigaretten. Ein älterer Mann sitzt drinnen, drei andere Männer stehen davor und unterhalten sich miteinander. Auf einmal trifft sein Blick den des älteren Mannes. „Kann ich Ihnen helfen?", fragt dieser. „Ja, einen Kaffee bitte, schwarz.", stammelt Frank.

Er stellt sich neben die drei anderen Männer, die ihn mustern, ihm zunicken und sich dann weiter über die gestrigen Fußballspiele unterhalten. Als er auf seinen Kaffee wartet, auf die Straße starrt und nervös auf und ab wippt, fragt ihn aus dem Nichts einer der Männer: „Schauen Sie auch Fußball?". Frank dreht sich ruckartig um. „Meinen Sie mich?", fragt er leise. „Ja, Sie." Frank mustert den Mann genauer. Er trägt schwarze Sneaker, eine anthrazitfarbene, weite Hose, einen blauen Strickpulli und eine schwarze Jacke. Er hat aufmerksame, durchdringende, graue Augen, kurze, schwarze Haare und einen Dreitagebart. „Nein, noch nie.", antwortet Frank knapp. Die Männer nehmen seine Antwort nickend auf und unterhalten sich weiter.

Als Frank seinen Kaffee bekommt, bezahlt er den Verkäufer und sagt den Männern auf Wiedersehen.

Er folgt der Straße in Richtung der U-Bahn-Haltestelle, an seinem Kaffeebecher nippend.

Um zehn nach acht erreicht er die Haltestelle Heimersdorf und geht die Treppe hinab zum unterirdischen Gleis. Er nimmt den sehr strengen Geruch von Zigaretten, Alkohol und Urin wahr, doch auch einen Hauch von nassem Gras.

Beinahe schüttet er seinen Kaffee über einen Mann in dunkelblauem Anzug, mit dem er fast zusammenstößt, während er das Gleis entlanggeht und suchend umherblickt.

Er hält abrupt an, bleibt wie angewurzelt stehen- wie ein Soldat, der sich in Reih und Glied einordnet. Am anderen Ende des Gleises sitzt sie. Mit Kopfhörern in den Ohren und in ein Buch vertieft sitzt sie da. Er versucht sie nicht anzustarren, doch sein Blick wandert immer wieder zu ihr hinüber.

Um Viertel nach acht hört er das Rumpeln der nahenden U-Bahn. Als sie vor ihm stehen bleibt, steigt er ein, setzt sich - und erblickt sie erneut. Am Ende des Wagens an eine gelbe Stange angelehnt steht die Frau im roten Kleid. Sie trägt noch immer die Kopfhörer und ist in dasselbe Buch vertieft. Die Bahn fährt ratternd los.

Bis er am Mediapark aussteigt, schaut er immer wieder verstohlen zu ihr herüber und als er die Bahn verlässt, nimmt er die Tür, die der Frau am nächsten ist. Er wirft ihr einen letzten Blick zu und versucht den Titel ihres Buches zu lesen, doch ihre Finger verdecken ihn. Er erkennt bloß das Cover, der dunkle, schattenhafte Umriss eines Menschen, der in einen Spiegel blickt.

Die Bahn fährt ab, er bleibt noch kurz auf dem Bahnsteig stehen und verlässt dann die U-Bahn-Station. Seinen leeren Kaffeebecher wirft er in den Müll und geht mit schnellen Schritten den gewohnten Weg zur „SicherPro VersicherungsAG".

Er bleibt vor dem grauen Gebäude stehen. Das große Schild oberhalb des Eingangs weist auf den Sitz der Versicherungsagentur hin. Er tritt ein, leise hallen seine Schritte von den Wänden der Lobby. Ein Mann hinter einem

Tresen blickt auf, mustert ihn und vertieft sich weiter in seine Zeitung, ohne jegliches Interesse an ihm zu zeigen. Er holt seine weiße Chipkarte aus dem Portemonnaie, zieht sie über einen Scanner und ein hüfthohes Tor macht ihm den Weg frei. Frank geht zum Aufzug, drückt auf einen der Knöpfe und richtet den Blick auf den kleinen Bildschirm, der das aktuelle Stockwerk anzeigt. Die Zahlen fallen von sechs auf null - langsam, wie der Countdown einer Zeitschaltuhr. Sein Herz beginnt schneller zu schlagen. Als der Bildschirm die Ziffer Null anzeigt, stockt sein Atem für eine Millisekunde - als warte er auf eine Explosion. Schließlich öffnet sich der Aufzug und mit ihm tritt ein Mann ein, derselbe, mit dem er gestern schon im Aufzug stand. Er hatte gar nicht bemerkt, dass er sich neben ihn gestellt hatte. Frank streckt die Hand aus und drückt auf den Knopf mit der Zwei. Er blickt zu dem Mann neben ihm. „Könnten Sie für mich bitte auf die Vier drücken?", fragt dieser. „Ja natürlich.", erwidert Frank und drückt auf den Knopf. Die Aufzugstüren schließen sich und die Kabine, in deren glänzenden Wänden Frank sein Spiegelbild verschwommen erkennen kann, beginnt nach oben zu fahren. Auf der zweiten Etage angekommen, öffnen sich die Türen. Bevor Frank aussteigt, dreht er sich noch einmal kurz zu dem Mann um. Sie verabschieden sich knapp voneinander. Dann steht er da.

Er steht vor dem Labyrinth aus Schreibtischen und Stühlen. Überall sieht er, wie Angestellte ihre E-Mails beantworten. Fast alle haben eine Tasse Kaffee vor sich stehen und sehen noch alle recht müde aus, so als wären sie körperlich noch nicht zu hundert Prozent anwesend. Genauso fühlt er sich auch.

Er geht zu seinem Platz. Er schiebt seinen schwarzen Stuhl vom Schreibtisch zurück, stellt seine Tasche ab, zieht seinen Mantel aus, hängt diesen über seinen Stuhl, setzt sich hin und startet seinen Computer.

Seit dem gestrigen Abend sind bei ihm zehn neue E-Mails eingegangen. Er setzt sich gerade auf seinen Stuhl, zieht seine Maus und Tastatur an sich heran, zieht den Cursor über seinen Bildschirm und klickt die erste E-Mail an. „Ich hoffe, ich konnte Ihnen weiterhelfen. Bei weiteren Fragen erreichen Sie mich unter der Nummer 0221-4710034. Mit freundlichen Grüßen Frank Meier, „SicherPro VersicherungsAG". Nachdem er diesen Satz zum zehnten Mal getippt und somit alle E-Mails beantwortet hat, schließt er das E-Mail-Programm und lehnt sich in seinem Stuhl zurück.

Er blickt zur Decke, über die sich ein Kreismuster zieht. Seine Augen folgen der Linie eines Kreises, bis ihn das Klingeln des Telefons auf dem Tisch hochschrecken lässt.

Frank schaut auf das Telefon und aus dem Augenwinkel sieht er, wie ihn ein Kollege von seinem Schreibtisch aus mustert. Er nimmt den Hörer ab. „Hallo, Frank Meier von der „SicherPro VersicherungsAG". Wie kann ich ihnen helfen?", begrüßt er den Kunden am Ende der Leitung. „Ja, Hallo, Leo Uebach mein Name, ich habe mein erstes Auto gekauft und möchte es jetzt versichern lassen. Daher würde ich mir gerne ein Angebot ihrer Versicherung einholen.", kommt es vom anderen Ende der Leitung. Für einen Moment sitzt Frank einfach nur da, mit dem Hörer am Ohr und den Blick auf den schwarzen Bildschirm seines Computers gerichtet. In seinem

Spiegelbild, das ihm vom Monitor entgegenblickt, sieht er, dass seine Unterlippe zuckt. „Herr Meier, sind Sie noch da?", die Stimme des Mannes am Telefon holt ihn zurück. „Ja, ich bin hier, entschuldigen Sie bitte. Also, zu Autoversicherungen können wir Ihnen verschiedene Tarife anbieten…".

Als er die Kundenberatung beendet hat, legt er den Hörer zurück und steht von seinem Schreibtisch auf. Frank trottet zur Kaffeemaschine, nimmt sich eine Tasse und startet das Programm für einen doppelten Espresso. Träge schaut er zu, wie sich seine Tasse füllt. Zurück an seinem Platz nimmt er einen Schluck Kaffee - und verbrennt sich prompt die Zunge. Er stellt die Tasse ab und arbeitet weiter, während das taube Gefühl auf seiner Zunge nachklingt.

Um 13:00 Uhr fährt er seinen Computer herunter, schiebt seinen Stuhl an seinen Tisch heran und begibt sich in die Cafeteria für seine Mittagspause.

Der große Raum der Cafeteria liegt im grellen Deckenlicht - fast so steril und kalt wie ein Krankenhaus. In der Luft hängt ein schwerer, warmer Fettgeruch. Er tritt an die Theke heran. „Guten Tag, hier einmal für Sie und guten Appetit.", sagt die Frau hinter Theke zu Frank, als sie ihm lächelnd einen Teller mit Bratkartoffeln, einer Bratwurst und Salat reicht. „Danke", antwortet Frank, nimmt den Teller entgegen und dreht sich in Richtung der Tischreihen um. Fast alle Tische sind voll besetzt, doch am Tisch neben den vier Männern, bei denen er gestern schon gesessen hat, sind noch Plätze frei.

„Mahlzeit", kommt es von den Vieren im Chor. „Mahlzeit", erwidert Frank leise und setzt sich. Aus dem Radio kommt unpersönliche Popmusik. Er blickt auf seinen Teller und beginnt zu essen. Immer wieder nimmt er Gesprächsfetzen der politischen Diskussion der vier Männer neben sich auf. Sein Blick wandert über die Tischreihen. Die meisten Leute unterhalten sich, einige fokussieren sich auf ihre Laptops. Schließlich senkt er den Blick wieder auf seinen Teller.

„Entschuldigung, hey Sie", hört er eine raue Stimme von der Seite. Langsam dreht er den Kopf. Die vier Männer blicken ihn erwartungsvoll an. Einer von ihnen erhebt erneut das Wort - mit derselben rauen Stimme wie eben. Er trägt schwarze Schuhe, eine graue Anzughose und ein weißes Hemd, von dem nur der Kragen hervorschaut - darüber einen Quarter-Zip-Pullover, auf dem ein rotes Logo prangt: ein Reiter auf einem Pferd. „Wir reden gerade über Depressionen.", sagt der Mann und rollt abfällig mit den Augen. "Ich habe gestern eine Doku darüber gesehen, den Sender habe ich vergessen. Ich verstehe nur nicht, warum so eine große Welle um das Thema herum gemacht wird. Früher nannte man sowas 'schlechte Laune' oder 'Pech im Leben', heutzutage heulen alle einfach nur rum und diagnostizieren sich selbst Depressionen. Ich meine, wie ist es dazu gekommen, dass sich das aktuelle Zeitalter in so eine Richtung entwickelt hat? Ein Zeitalter, in dem man nicht mal mehr durchgreifen darf, weil jemand gleich anfängt zu flennen? Gefühle zeigen ist anscheinend das neue Hobby geworden. Früher hat man sich zusammen-gerissen. Heute reicht ein bisschen Stress aus, und schon braucht man eine Therapie. Was denken Sie?", beendet der Mann seinen Redeschwall und sieht Frank erwartungsvoll an. Frank starrt völlig perplex zurück. Die drei anderen Männer haben während des kompletten Monologes ihres Sitznachbarn keine Mimik verzogen und blicken still ins Nichts. „Ehm, ich weiß nicht.", ist das Einzige, was Frank auf die Frage des Mannes herausbekommt. Der Mann zuckt kurz mit den Achseln und Frank wendet sich wieder seinem Teller zu, während der Mann seine endlosen und sich im Kreis drehenden Reden weiter schwingt.

Als Frank fertig gegessen hat, redet der Mann immer noch ununterbrochen vor sich hin, doch Frank hört schon längst nicht mehr zu. Er steht auf, nimmt sein Geschirr und stellt es auf den hölzernen Wagen an der Wand der Cafeteria.

Zurück an seinem Schreibtisch, lässt er sich seufzend auf seinen Stuhl fallen. Frank ist auf einmal sehr ausgelaugt und schaltet mit trägem Blick seinen Computer wieder an. Der Rest seiner Schicht verläuft genauso wie am Vormittag. Er beantwortet E-Mails und führt noch zwei Gespräche mit Kund*innen übers Telefon. Zwischendurch befüllt er sich an der Kaffeemaschine wieder die rot gemusterte Tasse. Mit dieser stellt er sich für einen Moment an eins der Fenster auf der Etage. Das Glas der Scheibe ist ein wenig milchig, weshalb er nur grob seine eigenen Umrisse erkennen kann. Er blickt auf die Straße, wo reger Verkehr herrscht. Die Häuserlandschaft, die sich wie ein Gebirge vor seinen Augen auftürmt, wirkt leblos - ohne eigene Persönlichkeit. Der Himmel darüber ist schmutzig-blau, als würde die Dämmerung nicht mehr lange auf sich warten lassen.

Auch die letzte Stunde seiner Schicht bringt nicht viel Neues. Wieder beantwortet er E-Mails und trägt Daten in Excel-Tabellen ein.

Die Digitaluhr unten rechts auf seinem Monitor zeigt an, dass es viertel nach Fünf ist, bevor er seinen Computer ausschaltet und seinen Stuhl an den Tisch rückt. Er schlüpft in sein Sakko und wirft sich seinen Mantel über.

Mit seiner Tasche in der Hand tritt er an die Aufzugtür heran. Als sich die Kabine öffnet, steigt er ein - und bemerkt sofort den Mann, mit dem er bereits die letzten beiden Morgen nach oben gefahren ist. Ihre Blicke treffen sich, ein kurzes Nicken. Franks Blick wandert die Aufzugswände entlang. „Manuel Madelung mein Name", sagt der Mann plötzlich von der Seite. Frank dreht sich zu dem Mann um. „Frank Meier", erwidert er zögernd. „Freut mich", meint Manuel Madelung und streckt Frank seine Hand entgegen. Frank lächelt nervös und seine Hand zittert leicht, als er den Händedruck erwidert. Kurz darauf erreicht der Fahrstuhl das Erdgeschoss. Die beiden Männer betreten die Lobby und verlassen gemeinsam das Gebäude. „Bis morgen, Herr Meier", sagt Manuel, bevor er sich in Richtung des Parkhauses abwendet.

Frank blickt ihm noch 5 Sekunden nach und macht sich dann auf den Weg zur U-Bahn-Station.

Mit gesenktem Kopf geht er an der Straße entlang. Durch den Wind wird ihm sehr kalt und er schlingt seine Arme um sich. Der Verkehr rauscht an ihm vorbei. Plötzlich - durch das Tosen von Wind und Verkehr hindurch - hört er eine Melodie. Er bleibt stehen und hebt den Blick vom grauen Betonboden.

Er lächelt, als er den Mann am Klavier sieht. Wie ein Fels in der Brandung des Meeres sitzt er da, seine Finger tanzen über die Tasten des braunen Klaviers und um ihn herum stehen etwa acht Menschen, die ihm gebannt zusehen. Das Lied klingt gefühlvoll, aber doch voller Kraft. Frank sieht vor seinem inneren Auge einen alten, verwurzelten Baum, an dem ein bedrohlicher, aggressiver Wind reißt und zerrt, der aber dennoch nicht bricht.

Die meisten Menschen, die von der Arbeit kommen, verlangsamen ihre Schritte, wenn sie an dem Mann am Klavier vorbeigehen. Manche bleiben sogar für einen Moment stehen.

Er mustert den Mann genauer, er hat mittellange, dünne, dunkle Haare mit einigen grauen Strähnen dazwischen. Seine Haut ist leicht gebräunt und ziemlich faltig. An seinen Händen erkennt Frank einige kleine, feine Narben. Der Mann sieht aus, als hätte er in seiner Jugend viel gesurft und viel Zeit am Strand verbracht. Er trägt eine schwarze Jeans mit einem Hemd, an dem die oberen Knöpfe offen sind und ein Sakko aus Tweed. Frank schaut auf das Klavier, es ist verziert mit roten Blumen und allerhand anderen kunstvollen Kritzeleien.

Frank öffnet sein Portemonnaie, holt einen Euro heraus und wirft ihn in den Hut neben dem Klavier. Der Mann lächelt ihn herzlich an: „Dankeschön." und er fokussiert sich weiter auf die weißen und schwarzen Tasten. Frank geht mit erhobenem Kopf weiter in Richtung U-Bahn-Station.

Der Wind hat abgenommen und es weht nur noch eine leichte Brise. Es wird langsam dunkel, doch die Straßenlaternen tauchen die Straße, Bäume und Häuser um Frank herum in warmes Licht. Vor der U-Bahn-Station stehen einige Jugendliche, die ausgelassen lachen und Musik hören. Die

Station erscheint nicht ganz so trostlos wie sonst. Er geht die Treppe hinab und betritt das Gleis.

Er setzt sich auf eine der Bänke, neben ihm sitzt ein ausländisches Paar mit einem Kinderwagen. Er muss schmunzeln, als ihn das kleine Kind anlächelt und mit seinen Beinen strampelt. Er blickt in den schwarzen Tunnel am Ende des Gleises. Auf einmal tauchen zwei Lichter darin auf, die näher kommen. Kurz darauf kommt die Bahn zischend zum Stehen. Frank steigt ein und setzt sich auf einen freien Platz am Fenster. Der Wagen ist relativ voll, viele der Leute sind in ihre Handys vertieft, hören Musik oder lesen. Andere unterhalten sich miteinander über ihren Tag oder Wochenendpläne.

Er schaut aus dem Fenster, die Stadt draußen erwacht. Die Menschen tanzen entlang der Straße, die von allen möglichen Lichtern beleuchtet ist. Plötzlich taucht die Bahn wieder ab und die Scheibe wird komplett schwarz. Er starrt in seine braunen Augen, seine Haare liegen platt an seinem Kopf. Frank reibt sich über die Augen. Als er seine Hand anhebt, kommt er gegen seine Stirn und verspürt für eine Sekunde einen Schmerz. Er legt seine Stirn frei, indem er seine Haare wie Gardinen zur Seite schiebt. Der Pickel glänzt rot. Er ist nicht besonders dick, aber die gerötete Stelle um ihn herum scheint sich auszubreiten.

Als die Bahn an der Station Heimersdorf hält, betritt er das Gleis und reckt seinen Kopf ein wenig, das Gleis absuchend.

Nachdem die Bahn wieder abgefahren ist und alle anderen Leute das Gleis verlassen haben, bleibt er allein zurück - auf dem schwarzen Gummibelag, der sich unter seinen Füßen wie ein leerer Strand anfühlt.

Er steigt die Treppe hinauf und verlässt die U-Bahn-Station. Frank schlendert entlang der Straße in Richtung seiner Wohnung und bleibt vor einem italienischen Restaurant stehen. Darin sitzen einige Leute an Tischen mit Kerzen und unterhalten sich. Er geht auf die Tür zu und stockt. Für einige Sekunden starrt Frank auf die Tür. Dann rafft er sich auf, macht einen Schritt vorwärts, greift nach der Klinke, öffnet sie und tritt ein.

„Guten Abend, wie kann ich Ihnen helfen?", fragt ihn ein junger Mann in schwarzer Kleidung, kurz nachdem er eingetreten ist. Frank räuspert sich. „Ähm, haben sie einen Tisch für mich, eine Person?", fragt er. „Ja klar, folgen Sie mir", erwidert der Mann, winkt Frank hinter sich her und bleibt an einem Tisch in der Ecke des Lokals stehen. „Bitte schön, ich bringe Ihnen sofort eine Karte." „Danke", murmelt Frank und setzt sich. Er blickt sich um. Die Einrichtung des Restaurants ist schlicht, dunkelbraune Holzmöbel, die Dekoration des Ladens zum größten Teil weinrot. Kurz darauf kommt der Kellner und reicht ihm eine Karte. Frank bestellt eine Cola. Während er wartet, fällt ihm auf, dass er sein Bein die ganze Zeit auf und ab wippt. Er lehnt sich auf seinem Stuhl zurück und schließt für einen Moment seine Augen. Etwa zwei Minuten später wird ihm seine Cola gebracht und er entscheidet sich dafür Spaghetti Carbonara zu bestellen.

Die Wartezeit vergeht sehr schnell und kurz nachdem er aufgegessen hat, fragt er nach der Rechnung. „Ich hoffe es hat ihnen geschmeckt", sagt der Kellner, als er ihm das Kartenlesegerät reicht. „Ja, es war sehr lecker, vielen Dank.", entgegnet Frank, zieht seinen linken Mundwinkel leicht hoch und legt seine Karte zum Bezahlen auf das Kartenlesegerät. Er gibt an, dass er 10 % Trinkgeld geben möchte. Als die Bezahlung durchgegangen ist, erhält er den Beleg und verlässt schließlich das Lokal.

Er atmet einmal tief ein und aus, so als wäre er gerade 100 Meter gesprintet. Draußen ist es inzwischen sehr kalt und er trottet los in Richtung seiner Wohnung.

Seine Schritte stocken auf einmal. Er steht wieder vor dem bepflanzten Podest. Er hockt sich hin und begutachtet es genauer. Er sieht einige kleine Käfer und Ameisen, die an der Pflanzen entlang klettern. Für etwa drei Minuten verharrt er in dieser Position und bewundert die bunten Blumen auf dem Podest mitten in der grauen Betonlandschaft aus Straßen und Häusern um ihn herum. Er steht auf und klopft sich die Hose ab und seine Beine setzen sich wieder in Bewegung.

In seiner Wohnung angekommen, stellt er gähnend seine Schuhe am Eingang ab, hängt den Mantel an die Garderobe und geht ins Wohnzimmer. Er schaltet eine Lampe ein und legt sich auf sein Sofa. Im Fernsehen läuft ein Fußballspiel. Eine Mannschaft in Rot spielt gegen eine Mannschaft in Blau. Für ein paar Minuten schaut er den Spielern zu, wie sie über den grünen Rasen rennen, doch schaltet dann auf einen anderen Sender, wo ein Actionfilm läuft.

Irgendwann kann er seine Augen kaum noch offenhalten und macht den Fernseher wieder aus. Er geht noch ins

Badezimmer, putzt sich rasch die Zähne und betritt dann sein Schlafzimmer. Dort tauscht er seine Kleidung gegen seinen Schlafanzug und tritt ans Fenster heran.

Die Lichter der Straßenlaternen, der Autos und der Häuser zeichnen sich wie helle Pinselstriche auf einem dunklen, abstrakten Gemälde ab. Franks Blick bleibt einen Moment an diesem Bild hängen, wandert langsam darüber. Dann dreht er sich um und klettert ins Bett. Kaum sind seine Augen zugefallen, schläft er ein.

6

Der Wecker klingelt.

Er öffnet seine Augen, streckt sich einmal ausgiebig und setzt sich auf seiner Matratze auf.

Obwohl sein Fenster geschlossen ist, hört er von draußen das leise entfernte Zwitschern der Vögel. Für einen kurzen Moment schließt er noch einmal die Augen, bevor er sie endgültig öffnet, sich die Müdigkeit aus dem Gesicht reibt und auf die Bettkante setzt.

Er greift nach seinem Handy auf dem kleinen, hölzernen Nachttisch neben dem Bett. Auf dem grell-weißen Display leuchten zwei Benachrichtigungen: eine Erinnerung an das Mittagessen mit seinen Eltern - und daran, dass er noch einkaufen muss.

Mit frisch ausgesuchter Unterwäsche geht er ins Badezimmer. Der weiß gefliste Raum wirkt kalt und der Geruch von Seife liegt in der Luft. Er tritt vor seinen Spiegel, beugt sich über das Waschbecken und spritzt sich Wasser ins Gesicht. Er hebt den Kopf und das Wasser läuft an seinen Wangen herab. Die Haare an seinem Kinn wirken etwas dunkler und länger als sonst. An seinen Wangen scheinen Neue zu sprießen wie erste Blumen, die nach einem langen Winter aus dem Boden klettern. Er wischt sich die Haare aus der Stirn. Während sein Blick an den harten Konturen seines Gesichts entlangfährt, spürt er wieder das Pochen unter dem Pickel, direkt an der geröteten Stelle auf seiner Stirn. Er legt den Zeigefinger darauf. Langsam drückt er - vorsichtig wie ein Kind, das zum ersten Mal einen Kaktus berührt. Ein stechender Schmerz schießt durch die Stelle. Er zuckt zusammen.

Er dreht sich um und zieht sich aus. Plötzlich spürt er etwas Feuchtes, das langsam über seine Stirn rinnt. Ruckartig wendet er sich zurück zum Spiegel. Ein kleiner Blutstropfen hat sich aus dem Pickel gelöst und zieht eine feine, rote Spur über seine Haut. Frank greift nach etwas Klopapier und wischt sich das Blut von der Stirn.

Er betritt die beengende Duschkabine und schaltet das Wasser ein. Es ist noch lauwarm. Er tritt einen Schritt zurück und wartet, bis es wärmer wird. Müde stellt er sich unter den warmen Wasserstrahl.

Sein Blick schweift umher - plötzlich reißt er die Augen auf. Auf dem Duschboden sieht er drei Blutstropfen. Ihre Form vermischt sich mit dem Wasser, als würden sie tanzen. Er fasst sich an die Stirn, die Fingerkuppen an seiner rechten Hand sehen aus, als würden sie rote Mützen tragen.

Er wendet seinen Blick von seiner Hand zurück auf den Boden. Ein Blutstropfen zieht Franks Aufmerksamkeit auf sich. Bei langem Hinsehen scheint dieser die Form eines Kleides zu haben - Frank lächelt. Dann greift er zu seiner Shampooflasche. Sie ist fast leer und nur mit Mühe drückt er den Rest heraus.

Während er das Shampoo aus den Haaren spült, gerät ihm ein wenig davon ins Auge. Er schreckt auf, kneift seine Augen zusammen, greift nach dem Handtuch und reibt sich mit aufeinander gebissenen Zähnen die Augen frei. Er steigt aus der Dusche, trocknet sich ab und zieht sich frische Unterwäsche und seinen Schlafanzug an. Dann wirft er sich seinen Bademantel über und schaut sich noch einmal prüfend im Spiegel an. Aus dem Schrank neben dem Waschbecken holt er einen glänzenden Rasierer und eine ungeöffnete Flasche Rasierschaum heraus. Er befeuchtet sein Gesicht, trägt den Rasierschaum auf und setzt die Klinge an der Wange an, kurz vor dem Ohr. Frank verzieht sein Gesicht. Der erste Klingenstrich ist unangenehmer als erwartet. Ungeschickt bringt er die Rasur zu Ende. Als er fertig ist, spült er den restlichen Rasierschaum weg und mustert sein Spiegelbild. An ein paar Stellen hat er sich geschnitten.

Er stellt den Rasierer und den Rasierschaum zurück in den Schrank und greift nach einer kleinen, noch ungeöffneten und leicht verstaubten Flasche Aftershave. Kaum hat er die Flüssigkeit aufgetragen, verzieht er sein Gesicht und zischt leise vor Schmerz. Er stellt die Flasche zurück, schließt den Schrank, verlässt das Badezimmer.

In der Küche öffnet er den Kühlschrank - ein Ort, der wirkt wie ein verlassenes Dorf nach einer Schlacht. Hier eine fast leere Packung Käse, da ein Glas Marmelade und noch eine halbvolle Packung Milch - sonst nichts. Er macht sich ein Marmeladenbrot und tritt an seine Kaffeemaschine. Er zögert kurz und erinnert sich dann an den kleinen Kiosk auf dem Weg zur U-Bahn-Station. Er dreht sich wieder um und setzt sich an den Küchentisch. Einem plötzlichen Impuls folgend, greift er nach seinem Handy, öffnet den App Store und gibt in die Suchleiste "Musik" ein. Ihm wird eine Streaming-App mit einem roten Notenschlüssel als Logo vorgeschlagen. Er überfliegt die ausschließlich positiven Rezensionen und tippt dann auf „Installieren". Wenig später öffnet er die App und erstellt sich einen Account. Auf der Startseite wird ihm eine Playlist vorgeschlagen: „Ein bisschen von allem". Neugierig spielt Frank den ersten Song ab.

Es ist ein melodisches Lied mit Sprechgesang. Der Sänger erzählt mit gebrochener und kratziger Stimme aus der Ich-Perspektive, wie er in jungen Jahren zur Armee musste und nie eine Bindung zu seinem Vater aufbauen konnte. Er erzählt von den Erfahrungen im Krieg, als Soldat, wie er nie gelernt hat zu lieben und wie er gesehen hat, dass Hass die Welt regiert. Er beschreibt, wie er von seinen Eltern in eine Ehe gedrängt wurde, eine Beziehung ohne Zuneigung oder Liebe und schließlich einen Sohn bekommen hat, der jeden Samstag zum Mittagessen kommt und wie sie dasitzen und sich anschweigen, weil er nie gesehen und gelernt hat, wie es ist ein Vater zu sein.

Frank starrt an die Wand. Sein Blick ist leer. Er wirkt überfordert, wie ein Kind, dem die Eltern gerade erzählt haben, dass sie sich getrennt haben und nicht mehr zusammen sind.

Frank setzt sich auf, kratzt sich am Auge und beginnt sein Brot zu essen. Als er fertig ist, räumt er sein Geschirr weg und geht rasch ins Badezimmer, um sich die Zähne zu putzen.

Der Pickel auf seiner Stirn ist noch feucht vom Blut. Frank nimmt ein Pflaster, klebt es über die Stelle und streicht sich die Haare nach vorn, bis sie seine Stirn bedecken. Er verlässt das Badezimmer und geht ins Schlafzimmer. Dort zieht er sich hastig an: graue Socken, eine dunkelblaue Jeans, ein schwarzes T-Shirt, ein brauner Pulli.

Mit seiner Tasche in der Hand geht er zur Haustür, schlüpft in seine schwarzen Stiefel, zieht sich eine anthrazitfarbene Jacke über und verlässt die Wohnung.

Es ist kalt, und Frank sieht seinen Atem als kleine Wolken vor sich aufsteigen, die sich kurz darauf wieder in der Luft auflöst. Die Motorgeräusche der vorbeiziehenden Autos durchschneiden die morgendliche Stille, die Luft ist erfüllt vom Geruch der Abgase. Plötzlich werden die knatternden Motorgeräusche von den Glockengeläuten einer Kirche übertönt. Nach dem achten Glockenschlag verstummt die Kirche - nur die Motorgeräusche bleiben.

Frank geht weiter. Doch dann bleibt er abrupt stehen. Er steht vor dem bepflanzten Podest. Im Licht der Morgensonne sehen die Blumen wunderschön aus, obwohl man ihnen ansieht, dass sie zu wenig gegossen werden. Frank begutachtet die Blumen für eine Weile, dann nickt er mit zufriedenem Blick, als hätte er einen Einfall gehabt. Er setzt seinen Weg fort und steuert den kleinen, runden Kiosk auf dem Weg zur U-Bahn-Station Heimersdorf an.

Davor stehen wieder die drei gleichen Männer und der ältere Besitzer liest im Inneren des Kiosks eine Zeitung. Die vier bemerken Frank, als er zwei Meter vom Kiosk entfernt anhält. Freundlich wird er mit einem synchronen „Guten Morgen" und Nicken begrüßt. Frank grüßt zurück und wendet sich an den Kioskbesitzer: „Für mich einen Cappuccino bitte." „Sehr gerne, kommt sofort.", antwortet der Mann, legt seine Zeitung zur Seite und macht sich ans Werk.

Frank stellt sich neben die drei Männer, die an einem runden Stehtisch stehen. Alle haben einen Kaffeebecher vor sich und sind in ein Gespräch über die gestrigen Fußballspiele vertieft. Immer wieder schnappt er Gesprächsfetzen auf. „Das Tor war doch ganz klar Abseits! Wie konnte der Schiedsrichter das denn nicht sehen?", oder „Das war ein glasklarer Elfmeter!". Frank dreht sich zu den Männern um. Sein Blick trifft den des Mannes, der ihn gestern angesprochen hat. Frank zögert, räuspert sich, seine Stimme leicht wackelig: „Wer hat denn gestern gespielt?". Die sechs Augen der Männer begutachten ihn und Franks rechtes Bein beginnt nervös auf - und abzuwippen. Der eine Mann antwortet ihm mit rauer Stimme: „Köln gegen München. Aber anscheinend hat Köln auch noch gegen den Schiedsrichter gespielt". Die drei Männer schnaufen und schütteln missmutig den Kopf. Frank nickt, sein Blick bleibt neutral. Er beginnt, sich die Umgebung etwas genauer anzuschauen.

Links ein Spielplatz - leer und trostlos. Auf einer Sandflächen steht nur eine Rutsche - sonst nichts. Rechts die Straße: Autos rasen vorbei, wie Jugendliche, die sich beeilen müssen, um morgens den letzten Bus zur Schule noch zu erwischen. Dahinter eine graue Häuserzeile, mit Graffiti beschmiert. Frank erkennt einen Supermarkt, eine Bäckerei, eine Fahrschule und einen Imbiss, die sich nebeneinander aufreihen. Eine dumpfe Stimme reißt ihn aus dem Moment: „Hallo, Entschuldigung." Der Kioskbesitzer hält ihm einen Becher hin. „Ihr Kaffee, Herr…". „Meier, Frank Meier,

Danke für den Kaffee." Frank nimmt den Kaffee entgegen, reicht dem Mann ein paar Münzen, nickt zum Abschied den Männern zu und trottet davon in Richtung der U-Bahn-Station Heimersdorf.

Vor dem Eingang stehen zwei junge Männer, beide mit einer Zigarette in der Hand und Kopfhörern in den Ohren. Ihre Augen sind starr ins Nichts gerichtet. Frank bleibt wie angewurzelt stehen. Einen Moment lang verändert sich die Szene vor seinen Augen.

Er sieht sich selbst zwischen zwei dunklen Gestalten vor dem Eingang des Buckingham Palace in London. Zwei Wachen stehen regungslos da. Frank blinzelt. Das Bild löst sich wieder auf. Er zuckt einmal und geht weiter. Die Männer blicken kurz auf, als er sich nähert, doch schenken ihm keine weitere Beachtung.

Frank steigt die Treppe hinab. Der Gang zum Gleis ist mit weißen Fliesen gepflastert. Auf der Wand sind überall kleine Kritzeleien. Die Luft ist stickig. Frank atmet schwer. Kaum betritt er das Gleis, fährt die Bahn ein. Eine Luftwelle trifft ihn, kurz bevor die Bahn zum Stehen kommt und die Türen sich öffnen. Frank steigt ein und findet einen freien Platz.

Er blickt aus dem Fenster auf eine graue Betonwand. Kurz bevor die Bahn losfährt, ist plötzlich das Zischen der Tür zu hören. Er dreht den Kopf - Und da ist sie!

Sie steigt ein. Sein Mund zuckt leicht – ein Lächeln? Es zeigt seine Nervosität und Unsicherheit. Sie setzt sich auf einen freien Platz, auf der rechten Seite.

Frank mustert sie vorsichtig. Ihr Gesicht ist leicht abgewandt, für ihn kaum zu erkennen. Auf ihrem Schoß liegt eine braune Handtasche, aus der sie ein Buch herausholt. Es ist dasselbe Buch. Das Cover ist rot, mit einem Spiegel in der Mitte. Ein schwarzer Rahmen umgibt ihn, der an verlaufene Wassermalfarbe erinnert - zu dünn angerührt, zu wässrig, als würde er das Rot langsam verschlucken. Oder ist es andersherum? Vielleicht drängt das Rot gegen das Schwarz, will den Rahmen sprengen.

Ihr rotes Kleid ist mit mehreren Lagen Stoff bestickt, das Muster wirkt wie ein Bild, das sich über den Stoff legt.

Die Fahrt vergeht wie im Flug und er schreckt hoch, als die Bahn am Mediapark ankommt. Er wirft der Frau einen letzten Blick zu und ihr Kopf bewegt sich minimal, als wolle sie zu ihm hochschauen, doch sie bleibt regungslos. Franks Puls, der kurz hochgeschossen ist, senkt sich wieder.

Er verlässt die Station. Als er draußen steht, atmet er einmal tief durch, dann geht er in Richtung Innenstadt.

Die Autos auf der Straße donnern laut vorbei, wodurch Frank sich daran erinnert fühlt, wie er als Jugendlicher mit seinem Vater Star Wars geschaut hat. Er sieht, wie er und sein Vater aufrecht nebeneinander auf dem Wohnzimmersofa vor dem Fernseher sitzen, wie zwei Fremde in einem Arztwartezimmer. Frank meint, den alten, hölzernen und leicht modrigen Duft des Hauses seiner Eltern in der Nase wahrzunehmen. Plötzlich zerreißt ein Stoß die Erinnerung. Jemand ist gegen ihn gelaufen. Er blickt sich hektisch um, wie ein kleines Kind, das bei Ikea seine Eltern verloren hat. Auf dem Bürgersteig wimmelt es von Menschen, die er zuvor gar nicht bemerkt hat. Einige gucken ihn etwas genervt an, da sie ausweichen müssen, um nicht mit ihm zusammenzustoßen.

Frank geht weiter und erreicht wenige Minuten später eine Einkaufsstraße. Er betritt eine Drogerie und geht orientierungslos durch die Reihen. Sieben Minuten später hat er dann alles gefunden, was er braucht - außer ein Produkt für seine Haut und den Pickel auf seiner Stirn. Erleichtert sieht er einen Mitarbeiter und geht vorsichtig auf ihn zu, als wäre dieser ein Hund und Frank wüsste nicht, ob der junge Mann vielleicht beißt. Der Mitarbeiter trägt ein grau-rotes Poloshirt mit dem Logo der Drogeriekette. Er hat braune, kurz geschnittene, stachelige Haare, Sommersprossen und graue Augen.

Frank spricht ihn zögerlich an: „Entschuldigung, ich habe hier auf meiner Stirn einen Pickel." Er legt mit seiner Hand seine Stirn frei und zeigt auf das Pflaster, „Können Sie mir dafür vielleicht ein Produkt empfehlen?" Der Mitarbeiter überlegt kurz, dann sagt er, „Ja, folgen Sie mir einmal.". Der Mann geht zu einem Regal und greift nach einer schwarzen Tube mit blauem Deckel: „Hier, die sollte Ihnen helfen. Tragen Sie die Creme jeden Abend auf, nicht nur auf den Pickel, sondern auch auf Stirn und Schläfen." Frank nimmt die Tube entgegen. „Danke sehr." Der Mitarbeiter nickt und geht. An der Kasse legt er seine Einkäufe aufs Band: Shampoo, Duschgel, Rasierschaum, Zahnpasta, Hautcreme, eine Packung mit drei Zahnbürsten und einen Deoroller. „Das macht dann 14,54 Euro", sagt die Kassiererin, nachdem sie alle Produkte gescannt hat. Frank reicht ihr einen 20 Euro

Schein, erhält sein Rückgeld, packt alles in seine Tasche und verlässt den Laden.

Draußen scheint die Straße ein Fließband aus Körpern zu sein - Menschen, die sich in rasantem Tempo ohne Unterlass durch die Stadt bewegen, wie die Produkte, die die Kassiererin vorher in Rekordzeit übers Fließband gezogen hat. Frank folgt dem Strom weiter ins Zentrum der Stadt.

Zehn Minuten und einige Abbiegungen später steht er vor einem Friseursalon. „Salon 33" prangt über der Eingangstür. Als er eintritt, klingelt eine kleine Glocke und ein Mann mittleren Alters begrüßt ihn: „Hallo, wie kann ich helfen?". „Ehm, ich habe einen Termin zum Haareschneiden um viertel vor zehn... Frank Meier heiße ich.", stammelt Frank. Der Mann nickt, öffnet ein Notizbuch und antwortet: „Ich schaue kurz... Ja, genau, da haben wir sie. Frank Meier, viertel vor zehn. Sie können sich da vorne hinsetzen. Sie kommen gleich dran." Der Mann zeigt auf eine Sitzecke im hinteren Teil des Raumes. Frank setzt sich und schaut sich um. Es gibt vier schwarze Friseurstühle, in denen Männer sitzen und ihre Haare geschnitten bekommen. Der Raum ist in Schwarz, Weiß und Grau gehalten. Die Luft ist durchzogen von einem penetranten Duft eines Lufterfrischers und Haarspray. Aus einer Musikbox kommt schnelle Popmusik in einer Sprache, die Frank nicht versteht. Sieben Minuten muss er warten, bis er aufgerufen wird. Er setzt sich auf einen der Stühle und blickt in den Spiegel vor sich und auf sein Spiegelbild. Seine Haare kommen ihm sehr lang vor, doch seine Augen scheinen wacher als sonst. Seine Gedanken beginnen einander zu jagen, wie aufgescheuchte Vögel, wild flatternd, ohne eine Idee, wo genau sie hinfliegen. „Hallo mein Bester, was machen wir heute?", die Stimme reißt Frank aus seinen Gedanken. Im Spiegel sieht er hinter sich einen groß gewachsenen Mann mit breiten Schultern, kurz gestyltem, schwarzem Haar und Vollbart. Ganz in Schwarz gekleidet, um die Hüfte ein Gürtel voller Scheren und Rasierapparate. Frank räuspert sich und sagt, „Ehm, einfach kürzer, aber auch nicht zu kurz." Der Friseur nickt, „Alles klar, dann legen wir los." Ein Umhang wird um Franks Schultern gelegt, die Maschine surrt. In den nächsten 20 Minuten rieseln dunkle Haare hinab. Der weiße Boden färbt sich braun. Der Friseur föhnt ihm die Haare trocken, legt den Umhang beiseite und hält einen Spiegel hinter seinen Kopf. „Dann wären wir fertig, sind Sie zufrieden?". Frank begutachtet sich und seinen Haarschnitt und seine Mundwinkel springen leicht nach oben. „Es sieht sehr gut aus, vielen Dank!". Frank steht auf und kratzt sich am Nacken. Dann folgt er dem Friseur an die Theke, bezahlt und verlässt den Laden.

Für die nächste Stunde schlendert Frank durch die Straßen der Stadt, beobachtet die Menschen um sich herum, schaut in Schaufenster und sitzt für eine Weile im Park.

Die Stadt ist voller geworden, lauter. Um zwanzig vor zwölf macht Frank sich auf den Weg zum Haus seiner Eltern.

Er geht zum Kölner Hauptbahnhof. Dort herrscht reges Treiben. Frank geht zügig, ohne nach rechts und links zu schauen, zum Gleis zehn. Kurz darauf fährt sein Zug ein. Er betritt den Zugwaggon, einen engen Tunnel aus stickiger Luft und vollen Sitzen. Er findet keinen freien Platz und steht eingeengt, bis er endlich aussteigen kann.

Der Bahnhof und die Umgebung kommen ihm fremd vor, obwohl er weiß, dass er nicht zum ersten Mal hier ist.

Er verlässt den Bahnhof, biegt nach links ab und geht die Straße entlang. Nach einer Weile folgt eine Abbiegung nach rechts, auf eine Straße, zu beiden Seiten gesäumt von Feldern. Sein Gang ist langsam, die Körperhaltung unsicher und angespannt - wie bei einem kleinen Jungen, der mit einer schlechten Note auf dem Weg zu seinen strengen Eltern ist. Hinter den Feldern taucht eine kleine Wohnsiedlung auf und Frank geht auf eines der Häuser zu.

Es ist ein sehr einfaches, dunkles Holzhaus mit einem kleinen unbepflanzten Garten. Frank steht vor der Tür. Er rückt seine Kleidung und Frisur zurecht, drückt auf die Klingel und stellt sich gerade hin, als würde er sich darauf einstellen, gleich eine Ohrfeige zu bekommen.

Die Tür geht auf. Vor ihm steht ein Mann. Ende sechzig wird er sein, groß, dünn, graue kurze Haare, löchriger Bart, braune Augen mit dunklen Augenringen, eine Brille, dünne, starre, farblose Lippen - gekleidet in einer schwarzen Hose, schwarzen Schuhen, einem weißen Hemd und einer blauen Krawatte. Frank und der Mann blicken sich an. Die Stille um sie herum ist trügerisch und beginnt zu brodeln, wie Wasser nahe dem Siedepunkt. Der Mann durchbricht das Schweigen: „Sohn!". Er reicht Frank die Hand. Frank nimmt sie. „Vater!" Die beiden nicken sich zu und Frank folgt seinem Vater ins Haus. Sofort steigt ihm ein vertrauter Geruch in die Nase. Das

Innere des Hauses ist dunkel und kühl. Frank betritt das Wohnzimmer. Ein paar wenige Lampen verteilen schwaches, flackerndes Licht im Raum. Die Einrichtung ist spärlich: ein braunes Sofa, zwei graue Sessel, ein Fernseher, ein Bücherregal, zwei eingerahmte Urkunden - und ein Gewehr.

„Hallo Frank." Eine leise, schwache Stimme hinter ihm lässt ihn herumfahren. Eine ältere Frau steht da. Braune, streng zurückgebundene Haare, eine Brille, die ihre blau-grauen Augen umrahmt. Auch sie hat dieselben schmalen, farblosen Lippen wie Franks Vater. Sie trägt ein schwarzes Kostüm und ist relativ klein. „Mutter!", sagt Frank und umarmt seine Mutter - zögerlich, als wäre er sich nicht sicher, ob er ihr nicht lieber einfach die Hand geben sollte. „Das Essen ist fertig, ihr könnt euch schon an den Tisch setzen.", sagte sie, und Frank und sein Vater gehen ins Esszimmer. Der rechteckige Esstisch steht in einem ebenso kahl eingerichteten Raum wie das Wohnzimmer. Kurz darauf kommt Franks Mutter mit einem Tablett herein. Darauf ein Topf und eine Auflaufform. Es gibt Schweinebraten und Kartoffelklöße. Sie gibt jedem eine Portion auf den Teller, und sie beginnen zu essen.

„Wie geht es dir, Frank? Was macht die Arbeit?", durchbricht Franks Vater die Stille. „Soweit ganz gut, nichts wirklich Neues", antwortet Frank und zuckt mit den Schultern. Seine Eltern nehmen seine Antwort nickend auf. „Wie geht es euch?", fragt Frank. „Ganz gut, wir waren letzte Woche beide ein wenig erkältet, aber sonst...", antwortet Franks Vater. Dann kehrt die Stille zurück und legt sich über den Tisch - schwer und drückend, wie eine Decke, die jede noch so kleine Regung erstickt. Nur das gelegentliche Klirren des Bestecks erfüllt den Raum, wie Hilfeschreie in einer kalten, verlassenen Lagerhalle.

Eine halbe Stunde später räumt Franks Mutter den Tisch ab. Frank und sein Vater stehen auf und rücken die Holzstühle zurück an den Tisch. Dann stehen die beiden da - schweigend nebeneinander. Frank denkt daran, wie sie genauso dastanden, in seiner Wohnung, als er in diese frisch eingezogen war. Plötzlich sind für beide die Wände und der Boden des Raums sehr interessant.

Franks Mutter kommt herein. Frank sagt: „Ich müsste dann los, vielen Dank für das Essen." Seine Eltern nicken, bringen ihn zur Haustür und Frank verabschiedet sich von den beiden mit einem Händedruck.

Die Tür fällt hinter ihm ins Schloss. Frank bleibt für einen Moment stehen, blickt auf die Fassade des Hauses, als würde er in einem Flugzeug sitzen und ein letztes Mal zurückblicken, bevor der Flieger beschleunigt. Dann dreht er sich um - und geht.

Der Bahnhof wirkt unheimlich. Er ist verlassen und still. Auf den kalten Metallbänken, die über die drei Gleise verteilt sind, sitzen nur fünf andere Menschen. Jeder ist vertieft in ein Buch oder starrt aufs Handy. Frank setzt sich auf eine der grauen Bänke. Sein Blick jagt über die Gleise, als wäre er eine Katze, die versucht, das Licht eines Laserpointers zu fangen. In seinem Kopf scheinen Menschen „Seilziehen" zu spielen. Dann ein Knacken. Eine mechanische Stimme durchbricht die Luft: „Informationen zu RB 27 nach Koblenz Hauptbahnhof, Abfahrt um 13:56 Uhr: Heute circa 10 Minuten später. Grund

dafür ist eine Verspätung eines vorausfahrenden Zuges."
Frank schaut sich um. Die beiden Menschen neben ihm am
Gleis rollen synchron mit den Augen. Eine Minute vergeht.
Dann hört er es. Ein donnerndes Geräusch kommt näher und
näher und wird lauter und lauter. Ein Güterzug rast über die
Schienen und braust laut an ihm vorbei. Frank zuckt
zusammen und duckt sich. Seine Haare tanzen im Wind. Der
Zug scheint kein Ende zu haben, ein brauner Wagon nach
dem anderen saust an ihm vorbei. Als der letzte Wagon
vorbeischießt, sitzt Frank zusammengekauert, schwer atmend
da. Sein Kopf gesenkt und seine Augen starren starr auf den
grauen Betonboden. Kurz darauf beginnt es wieder zu
donnern. Diesmal weniger bedrohlich und laut.

Als der Zug einfährt, steigt Frank ein und sucht sich einen
Platz. Zurück am Kölner Hauptbahnhof geht er geradewegs
zur U-Bahn-Station am Mediapark. Frank muss nur zwei
Minuten warten, bis eine Bahn einfährt.

Die Bahn ist voll, stickig und laut.

Noch nie hat sich eine Bahnfahrt so endlos lange für Frank
angefühlt. Er versucht, die Stimmen um sich herum
auszublenden - vergeblich. Die Menschen reden wie
Wasserfälle, ohne Atempause. Zwei diskutieren über
Basketball, ein anderer Mann telefoniert laut. Ein paar
Teenager besprechen ihre kommenden Abiturprüfungen,
andere reden über Politik und die anstehende Bundestagswahl.

Erleichtert betritt er das Gleis der U-Bahn-Station. Noch nie
hat er sich so gefreut, an einem U-Bahn-Gleis zu stehen. Er
verlässt die Station und geht in Richtung seiner Wohnung.

Franks Schritte sind schnell und bestimmt. Immer wieder muss er sich drehen, um nicht mit anderen Menschen zusammen zu stoßen. Die Menschen draußen wirken gelassener und weniger hektisch als an den vergangenen Tagen.

Sobald er den ersten Schritt in seine Wohnung gegangen ist, bleibt er stehen. Er schließt seine Augen und atmet den gewohnten, sicheren Geruch ein. Er stellt gähnend seine Tasche am Eingang ab, zieht die Schuhe aus und hängt die Tasche auf. Er trottet ins Schlafzimmer und legt sich aufs Bett. Für eine Weile starrt er an die Decke, bis ihm die Augen zufallen.

Frank wacht auf. Verwirrt blickt er sich um und greift nach seinem Handy. Die leuchtende Digitaluhr zeigt: „16:09 Uhr". Er steht auf, geht in die Küche, nimmt sich ein Blatt Papier und einen Kugelschreiber. Als er den Kugelschreiber auf das Papier setzt, steigt ihm der Geruch der Tinte in die Nase. Ungelenk beginnt er zu schreiben: „Eier, Gurke, Milch, Reis, Paprika, Marmelade, Käse, Honig, Tiefkühlpizzen, Banane, Quark, Karotten, Joghurt, Spinat, Kartoffeln, Müsli, Kaffee, Äpfel, Chips, Nudeln, Tomaten, Käse, Pilze, Öl, Hackfleisch, Toast". Er liest mehrmals über die Liste, dann nickt er - so, wie ein Schüler, der beschließt, dass er die Klausur jetzt fertig bearbeitet hat. Er steht vom Tisch auf, kontrolliert, ob er seinen Geldbeutel eingesteckt hat, nimmt eine Tasche, zieht seine Jacke und Schuhe an und verlässt zum zweiten Mal an diesem Samstag seine Wohnung.

Zwölf Minuten später erreicht er den Supermarkt. Zögerlich reiht er sich in den Strom von Menschen ein, die in das Innere des Gebäudes drängen. Rechts von ihm kommen andere mit vollen Taschen heraus.

Der Laden ist kalt und voll mit Gerüchen, die einander überlagern und nicht zuzuordnen sind. Er läuft durch die Reihen. Seine Augen gleiten über die Regale, wie über die Zeilen eines Buchs. Bald ist seine Tasche voll und er geht in Richtung Kasse. In der Gartenabteilung greift Frank kurzentschlossen nach einer roten Gießkanne.

Er reiht sich an einer der drei offenen Kassen in die Warteschlange ein, und sieben Minuten später verlässt er den grauen Betonklotz.

Der Rückweg fällt ihm leichter als der Hinweg - und trotzdem braucht er zwei Minuten länger. Die schwere Tasche zieht an seiner Schulter.

Als er das Wohngebäude erreicht, eilt er mit gesenktem Kopf in die erste Etage. Gerade, als Frank seine Wohnungstür aufschließt, hört er ein: „Hallo!" Frank zuckt zusammen, beinahe lässt er den Schlüssel fallen. Er dreht sich um. „Hallo.", grüßt er zurück. Vor ihm steht ein junger Mann - blonde, zurückgestylte Haare, Dreitagebart, sportliche Kleidung, ein Wanderrucksack auf dem Rücken. Er mustert Frank und lächelt. „Habe ich Sie beim Einbrechen erwischt?", fragt er lachend. Frank lächelt gezwungen. „Ehm… nein, ich habe mich nur erschrocken. Ich wohne hier seit neun Jahren." „War auch nur ein Witz." Der Mann streckt die Hand aus: „Ich bin neu eingezogen, Richard Engelbertz heiße ich. Und

Sie?" „Frank Meier." Sie schütteln sich die Hände. „Freut mich, Frank. Dann einen schönen Samstag noch." Richard verschwindet die Treppe hinab.

Frank bleibt einen Moment stehen. Sein Kopf scheint wie eingefroren. Nur das Lächeln und die Stimme des Mannes hallen nach. Er schüttelt sich einmal und schließt endlich die Wohnungstür auf. Jacke aufhängen, Schuhe aus, Einkäufe in die Küche tragen und einräumen. Er steht in der Küche und blickt sich nachdenklich um. Die Lampe an der Decke flackert leicht und taucht die Küche in ein schummriges Licht. Schließlich geht er ins Wohnzimmer, knipst die Lampen an und setzt sich auf das braune Sofa. Er greift zur Fernbedienung und mit einem Klick färbt sich der schwarze Bildschirm des Fernsehers bunt. 45 Minuten lang schaut er eine Renovierungssendung. Um 17:40 Uhr schaltet Frank den Fernseher wieder aus. Auf dem dunklen Bildschirm sieht er sein eigenes Spiegelbild. Seine Haare fallen zur Seite und bedecken seine Stirn an der Stelle, wo der Pickel ist. Ein einzelnes Haar steht wie eine Antenne gerade nach oben ab. Frank streicht es mit seiner Hand glatt. Seine Augen wirken glasig und müde.

Er steht auf, geht in die Küche und beginnt Kartoffeln und Spinat zu kochen. Bald liegen Wolken von Wasserdampf wie Nebel in dem Raum. Das gleichmäßige Blubbern des Wassers in den Kochtöpfen beruhigt ihn. Mit einem Lächeln setzt sich Frank an den Küchentisch und wartet auf sein Essen. Zum ersten Mal an diesem Tag herrscht in seinem Kopf kein Chaos.

Fünfzehn Minuten später ist das Essen fertig und er richtet alles auf einem Teller an. Bevor er anfängt zu essen, öffnet er wieder die Musik-App. Er lässt eine zufällig generierte Playlist spielen, die zum größten Teil aus akustischen Popsongs besteht. Die Stimmen, die er hört, sind zart, fast zerbrechlich. Bei einem Lied erstarrt er: Die Sängerin erzählt die Geschichte einer Frau. Mit acht Jahren ist ihre Mutter gestorben und von da an musste sie sich um den Haushalt kümmern. Ihr Vater war Soldat und wenig zu Hause. Mitte zwanzig wurde sie von ihrem Vater gedrängt, den Sohn einer befreundeten Familie zu heiraten. Auch dieser Mann war Soldat und deshalb oft unterwegs. Die beiden bekommen ein Kind. Doch bis heute fühlt sie sich fremd gegenüber ihrem eigenen Sohn. Sie hat nie gelernt, was es bedeutet, Eltern zu sein.

Frank schaltet die Musik aus. Er bringt den leeren Teller in die Spülmaschine, spült die Töpfe mit der Hand und wirft einen Blick auf die Uhr in der Küche. Es ist 18:25 Uhr.

Langsam geht er ins Schlafzimmer. Er legt sich auf sein Bett und starrt für zehn Minuten an die Decke. Plötzlich steht er auf. Er nimmt die rote Gießkanne, die er am Nachmittag gekauft hat und füllt sie mit Wasser. Jacke. Schuhe. Schlüssel. Frank tritt ins Treppenhaus.

Während er die Straße entlangläuft, wechselt er mehrmals die Hand - die Gießkanne wird schwer. Einige Menschen schauen ihn irritiert an. Er senkt den Blick. Acht Minuten später ist er da.

Er steht vor dem bepflanzten Podest. Er hebt die Gießkanne und gießt die Pflanzen. Als die Kanne leer ist, stellt er sie auf den Boden, geht in die Hocke und mustert die Blumen. Sie glänzen vom Wasser und vielleicht täuscht er sich, aber die Blumen scheinen ihre Blüten langsam zu heben. Frank lächelt. In seiner Brust wird ein Streichholz angezündet. Es ist klein, aber es brennt. Die nächsten zwölf Minuten sitzt er einfach da und genießt dieses Bild. Dann steht er auf, wirft einen letzten Blick auf das Beet, wie ein stilles Versprechen: „Ich komme bald wieder." Dann dreht er sich um und geht.

Auf dem Rückweg gähnt Frank immer wieder. Er geht an Wohnsiedlungen vorbei, an Gruppen junger Leute, die ausgelassen reden und lachen. Sie bemerken ihn nicht. Zuhause angekommen, geht er direkt ins Schlafzimmer. Er legt sich auf sein Bett, bleibt dort einige Minuten lang mit geschlossenen Augen liegen. Dann steht er auf, greift nach seinem grau-weiß karierten Schlafanzug und geht ins Badezimmer. In dem Regal neben dem Waschbecken steht ein kleiner Holzkorb. Frank greift hinein und zieht einen roten Waschlappen heraus. Er öffnet den Wasserhahn, hält seine Finger unter den Wasserstrahl bis dieser warm ist und hält seinen Kopf darunter. Seine nassen Haare kämmt er nach hinten. Vorsichtig zieht er das Pflaster von seiner Stirn und wäscht sein Gesicht mit dem Waschlappen. Er putzt sich die Zähne. Dabei fällt Frank ein, dass er ja heute extra eine Creme für seine Haut gekauft hat. Er nimmt die Tube aus dem Regal, schraubt den Deckel ab und verteilt eine erbsengroße Menge auf Schläfen, Stirn und vor allem auf und um seinen Pickel.

Es ist 20:00 Uhr. Frank geht ins Wohnzimmer und setzt sich aufs Sofa. Als er den Fernseher anschaltet, läuft gerade eine Nachrichtensendung. Ein Mann im blauen Anzug steht hinter dem weißen Pult, spricht über die politische Situation in Deutschland und die näher rückende Bundestagswahl. Franks Gedanken driften ab, als der Mann anfängt, über einen Bürgerkrieg in Afrika zu reden. Er kehrt erst zurück, als das Outro läuft. Im Anschluss beginnt eine politische Debatte. Frank verfolgt sie - zumindest für die erste Viertelstunde. Doch seine Gedanken schweifen immer wieder ab und seine Augen werden schwer.

Er schaltet den Fernseher aus und geht ins Schlafzimmer.

Wie jeden Abend tritt er noch einmal an das Schlafzimmerfenster heran.

Die Welt draußen ist dunkel, doch überall tanzen Lichter - als folgten sie einer leisen Musik. Dann dreht Frank sich um und legt sich ins Bett. Seine Augen fallen bald zu und er schläft ein.

7

Der Wecker klingelt nicht.

Frank öffnet schlaftrunken seine Augen, ohne jegliche Idee,
wie viel Uhr es ist.

Mit noch halb geschlossenen Augen sucht er nach seinem
Handy. Endlich findet er es und versucht es einzuschalten.
Doch der Bildschirm bleibt schwarz. Frank blickt verwirrt auf
sein Gesicht, das sich auf der schwarzen, glatten Oberfläche
spiegelt. Seine Haare stehen kreuz und quer ab, als hätte er in
eine Steckdose gefasst. Genervt blickt er auf die Steckdose
neben seinem Nachttisch. Er realisiert, dass sein Ladekabel
tatsächlich nicht richtig eingesteckt war. Das ist der Grund
dafür, dass sein Handy über Nacht nicht aufladen konnte, leer
ist und kein Wecker geklingelt hat. Schnaubend beugt er sich
vor. Er steckt das Ladekabel in die Steckdose und das andere
Ende in sein Handy. Dann lässt er sich noch einmal auf seine
Matratze zurückfallen. Frank überlegt, ob er heute etwas
erledigen muss, aber ihm fällt nichts ein, außer Wäsche
waschen.

Seine Hände drücken ihn von der Matratze hoch, und er
schlurft in die Küche. Dort blickt er auf die Zeigeruhr an der
Wand. Es ist bereits 9:43 Uhr. Ihm kommt das klickende
Geräusch des Sekundenzeigers wahnsinnig laut vor. Er schaut
auf seine schwarze Kaffeemaschine. Er überlegt kurz, geht
dann aber doch zurück in sein Schlafzimmer.

Frank kramt schnell aus seinem Kleiderschrank eine blaue Hose, ein olivfarbenes T-Shirt, Unterwäsche und einen anthrazitfarbenen Kapuzenpullover heraus. Mit langsamen Schritten geht er ins Badezimmer und lässt seine herausgesuchten Kleidungsstücke auf den Boden fallen.

Als er sich gerade entkleiden will, klingelt es zu seiner Überraschung an der Tür. Verdutzt trottet Frank zur Wohnungstür. Er fragt sich, wer so früh an einem Sonntag wohl an seiner Tür klingelt. Sehr langsam und zögerlich öffnet er die Tür, als würde er sichergehen wollen, dass ihm davor niemand mit einer Waffe auflauert. Doch nichts dergleichen: Vor seiner Tür stehen drei Kinder, zwei Mädchen und ein Junge. Alle etwa neun Jahre alt. Sie tragen alle das gleiche braune Hemd, mit mehreren bunten, angehefteten Pins darauf. Plötzlich beginnen sie wie im Chor zu reden: „Hallo, wir kommen vom lokalen Pfadfinderverein und sammeln Geld für eine Kinderhilfsorganisation." Sie halten Frank eine Box vor die Nase. „Ich hole kurz meinen Geldbeutel", meint Frank. Mit einem trägen Blick auf seinem Gesicht begibt er sich in sein Schlafzimmer. Wenige Sekunden später kehrt er mit seinem Geldbeutel in der Hand wieder zurück zur Haustür. Er kramt ein paar Zwei-Euro-Stücke heraus und wirft sie lächelnd in die Box der Kinder. „Danke schön! Ihnen noch einen schönen Sonntag", rufen die Kinder. „Kein Problem", entgegnet Frank verschlafen. Anschließend drehen sich die drei Kinder um und steigen die Treppe weiter zur zweiten Etage hinauf. Frank schließt seine Haustür und geht wieder ins Badezimmer.

Er tritt an den Spiegel heran. Das Braun in seinen Augen wirkt verschwommen, als wären sie von einem Drucker mit zu wenig noch vorhandener Farbe gedruckt worden. Seine Lippen sind dünn und wie mit rosa-roter Pastellfarbe gemalt. Der Pickel auf seiner Stirn ist noch immer da. Dieser ist zwar weiterhin gerötet, aber die Schwellung scheint über Nacht abgenommen zu haben. Die Haut um den Pickel herum wirkt ebenfalls etwas weniger gerötet als am vorherigen Abend. Oberhalb seiner Lippen liegt ein heller Flaum, und auf seinem Kinn und den Wangen sind seit seiner gestrigen Rasur wieder unregelmäßig und fleckenhaft neue Haare gesprossen. Er zuckt mit den Schultern. Dann dreht er sich um und beginnt sich zu entkleiden. Sobald er komplett nackt in dem weiß gefliesten Raum steht, fängt er an zu frieren und betritt hopsend die Duschkabine. Frank dreht mit immer noch trägem Blick das Wasser auf. Ein hoher, kurzer Schrei verlässt seinen Mund, als sein Körper von eiskaltem Wasser getroffen wird. Er ist so verdutzt, dass er ins Straucheln kommt und beinahe auf dem Duschboden ausrutscht. Es braucht einen Moment, doch schließlich verstummt das unkoordinierte, laute und hektische Schlagzeug in seiner Brust und seinem Kopf.

Er wartet, bis das Wasser warm ist, und stellt sich unter den jetzt wohlig-warmen Wasserstrahl, der seinen Körper umhüllt wie ein Mantel. Langsam massiert er Shampoo in seine Haare ein. Der hektische Schlagzeugspieler ist mittlerweile zu einem ruhigen Klavierspieler geworden, und in seinem Kopf ertönt eine Melodie. Frank schließt seine Augen und beginnt zu tagträumen.

Er geht einen Gang entlang, der kein Ende zu haben scheint. Der Gang wirkt surreal; er ist dunkel und hell sowie warm und kalt zugleich. Von irgendwoher ertönt leise Klaviermusik. Die Wände, die Decke und der Boden wirken mehr wie Nebel - undurchdringlicher, ungreifbarer Nebel. Frank nimmt keinen Geruch wahr. An den Wänden hängen Bilderrahmen. Ist er in einem Museum? Er tritt an einen der Bilderrahmen heran. Auf der Leinwand ist ein wunderschöner und farbenfroher Park zu sehen. Überall sitzen Familien auf Picknickdecken, die fröhlich lachen. Und da steht sie, die Frau im roten Kleid. Jeder Quadratzentimeter des Kleids scheint im Wind zu tanzen. Sie steht im Zentrum des Bildes zwischen zwei großen Bäumen. Das Gesicht der Frau ist so gedreht, und die Schatten der Bäume fallen so, dass es nicht zu erkennen und auch nur grob zu beschreiben ist. Frank geht weiter und bleibt vor einem Bild mit grau-braunem Rahmen stehen. Das Bild zeigt das Innere eines Hauses. Es ist schwierig, genaue Details zu erkennen. Das Haus ist sehr langgezogen und verzerrt gemalt. Im Zentrum liegt das Esszimmer, in dem ein langgezogener Tisch steht. An diesem Tisch sitzen drei schattenhafte Gestalten mit Tellern vor sich. Durch die extreme Länge des Tisches sitzen sie sehr weit voneinander entfernt und scheinen keine wirkliche Notiz voneinander zu nehmen, geschweige denn, sich miteinander zu unterhalten.

Frank dreht sich weg und will gerade weitergehen. Jedoch verspürt er plötzlich einen stechenden Schmerz in seinen Augen. Seine Hände reiben panisch über seine Augen, und das Bild des Ganges verpufft im selben Moment. Frank reißt seine Augen auf und blickt sich hastig um. Er schnappt sich einen Waschlappen und hält ihn unter den Wasserstrahl des

Duschkopfes, bis dieser komplett nass ist. Ungestüm wäscht er sich selbst die Augen aus. Danach legt er den Waschlappen schwer atmend zur Seite. Schließlich wäscht er sich die Haare aus.

Frank steigt leicht torkelnd aus der Duschkabine. Er zieht sich ungeschickt an und stolpert dabei mehrmals fast. Schließlich verlässt er das Badezimmer wieder, nachdem er noch einmal sein Spiegelbild kontrolliert hat.

Ein kurzer, spitzer Schrei durchbricht die Stille in Franks Wohnung. Frank springt auf seinem rechten Bein auf und ab und hält seinen linken Fuß, den er sich gestoßen hat. Fluchend stellt er seinen Fuß wieder auf den Boden und läuft humpelnd weiter in die Küche.

Frank öffnet einen der Wandschränke und holt eine Tasse heraus. Allerdings ist Franks Griff zu schwach, und er zuckt zusammen, als die Tasse laut auf dem Boden zerschellt. Für 13 Sekunden starrt Frank auf die Scherben am Boden. Anschließend holt er mit bebender Atmung ein Kehrblech und einen Feger aus einer Schublade. Er kniet sich hin und beginnt alles zusammenzukehren.

Nachdem die Scherben beseitigt sind, nimmt er sich eine neue Tasse und lässt diese von seiner Kaffeemaschine volllaufen. Nebenbei steckt er zwei Scheiben Toast in seinen Toaster und stellt Butter und Marmelade auf den Tisch. Mit knurrendem Magen beginnt er, sich auch noch ein Spiegelei zu braten. Als alles auf dem Tisch fertig angerichtet ist und die Küche sehr appetitlich duftet, setzt sich Frank an den Tisch und beginnt sein Frühstück.

Gerade will er den letzten Schluck von seinem Kaffee trinken, da klingelt es - ein zweites Mal an diesem Morgen - an der Tür. Frank legt seinen Kopf in seine Hände, und fünf Sekunden später drückt er sich widerwillig von seinem Stuhl hoch. Genervt geht er zur Haustür. Er streckt seinen Arm nach der Türklinke aus. Genau in diesem Moment klingelt es schon wieder. Franks Arm stoppt, und er verdreht die Augen. Dann gibt er sich allerdings einen Ruck. Mit einer schnellen Bewegung greift er nach der Türklinke, drückt sie nach unten und öffnet die Tür. Davor steht eine Frau. Sie ist vielleicht 45 Jahre alt. Sie hat mittellange, blonde Haare, die streng zur Seite fallen. Dazu trägt sie ein oranges Kleid und die farblich dazu passende Strumpfhose. Ihr komplettes Erscheinungsbild ist umhüllt von einer übertrieben stark und süß riechenden Duftwolke. „Sind Sie Frank Meier?", fragt sie mit einem passiv-aggressiven Unterton. „Ja, gen...", beginnt Frank zögerlich zu antworten, bevor ihn die Frau jedoch unterbricht und dramatisch ihre Arme vor der Brust verschränkt. „Sie wissen schon, dass Sie mir mit Ihrer Müllentsorgung das Leben zur Hölle machen?", sagt sie. Frank starrt sie verständnislos an. „Haben Sie etwas dazu zu sagen?", fragt die Frau. Ihre Stimme klingt so, als würde jemand mit Kreide an einer Schultafel schreiben und dabei mit einem Fingernagel über die Oberfläche kratzen. „Wie mache ich Ihnen denn bitte mit meiner Müllentsorgung das Leben zur Hölle? Ich weiß nicht, wovon Sie reden", entgegnet Frank. „Tun Sie doch jetzt nicht so unschuldig! Ich habe es gestern mit eigenen Augen gesehen - da lag Ihr Pizzakarton neben der Mülltonne", poltert sie wütend. Frank seufzt ungläubig. „Ich habe gestern nicht einmal Pizza gegessen, geschweige denn den leeren Karton neben die Mülltonne gelegt." Die Frau schüttelt theatralisch den Kopf. „So leicht kommen Sie nicht davon. Beim nächsten Mal werde ich Sie beim Vermieter melden, dann werden Sie schon sehen. Ich behalte Sie im Auge", zischt sie, dreht sich um und steigt schwungvoll die Treppe hinauf. Frank schließt die Tür. Er blickt ins Nichts. In seinem Kopf wird das Gespräch noch einmal abgespielt wie eine CD. Dann kneift er seine Augen zusammen, schüttelt den Kopf und geht zurück in die Küche. Er schnappt sich seine Tasse vom Tisch und trinkt den letzten Schluck in einem Zug.

Er schaut auf die Uhr. Es ist inzwischen 11:17 Uhr. Frank stellt sein benutztes Geschirr in die Spülmaschine und schaltet sie an. Kurz darauf beginnt im Inneren ein klirrendes Konzert. Frank spült rasch die Pfanne, die er benutzt hat, und wischt den Tisch ab. Dann geht er in sein Wohnzimmer, knipst die Lampen an und tritt an ein zugezogenes Fenster heran. Frank schiebt die graue Gardine, die davor hängt, zur Seite und legt den Blick frei auf die graue Häuserlandschaft der Stadt. Hier und da sind die Fassaden mit bunten Graffitis geschmückt. Der Himmel ist blau-grau, mit einigen Wolken, die von feinen Sonnenstrahlen durchstochen werden. Auf den Straßen sind nur wenige Menschen unterwegs. Für eine Minute gleiten seine Augen über das Stadtbild, doch dann dreht er sich um und setzt sich auf das Sofa. Für die nächsten eineinhalb Stunden schaltet er sich durch viele verschiedene Kanäle, ohne einen zu finden, der etwas überträgt, das seine Aufmerksamkeit fesseln würde.

Um 13:00 Uhr steht er wieder auf und geht zur Toilette. Als er dabei ist, sich die Hände zu waschen, rutscht ihm einer seiner Ärmel herunter, wird nass durch den Wasserstrahl, und Frank stöhnt genervt auf. Er nimmt sich einen Waschlappen und versucht damit seinen Ärmel leidlich trocken zu reiben.

Er verlässt das Badezimmer und beginnt, planlos durch seine Wohnung zu laufen, ohne zu wissen, was er mit seinem Tag anfangen soll. Immer wieder bleibt er an Fenstern stehen und starrt hinaus.

Gerade steht er in seinem Schlafzimmer, da fällt ihm ein, dass er heute Wäsche waschen wollte. Frank geht also ins Badezimmer, schnappt sich seinen bis zum Rand gefüllten Wäschekorb und verlässt seine Wohnung. Er geht die Treppe hinab, und im Erdgeschoss drückt er die Klinke der Kellertür herunter. Das Licht im Flur erhellt die Kellertreppe ein wenig. Die Stufen sind modrig, fleckig, grau. Der Schmutz auf den einzelnen Stufen sieht mit Fantasie aus wie böse Ungeheuer, die miteinander kämpfen oder abstrakte Kunstwerke, die bei Auktionen für überteuerte Preise verkauft werden. Nachdem Frank das Licht angeknipst hat, lässt er die Kellertür zufallen. Während er die Stufen hinabsteigt, kommt er ziemlich ins Straucheln und muss sich bemühen, auf den Beinen zu bleiben. Die Treppe mündet in einen langen, dunklen Gang. Die Lampenpaneele an der Decke flackern, und das Licht, das von ihnen ausgeht, ist schwach und kalt.

Überall sind Spinnweben, und es riecht undefinierbar schlecht. Frank geht los. Auf der linken Seite sind in regelmäßigen Abständen Holztüren in die Wände eingelassen.

Er beschleunigt seine Schritte, und seine Atmung wird schneller und ungleichmäßiger. Frank steht außer Atem, wie nach einem 100-Meter-Sprint, vor einer Metalltür. Er öffnet die Tür und tritt in einen quadratischen Raum. Seine Hände suchen die Wände nach einem Lichtschalter ab. Erleichtert atmet er auf, als er ihn endlich findet und der Raum erhellt wird, sobald er den Schalter umlegt. Der Raum ist deutlich sauberer als der Gang und die Treppe. Frank zählt sechs Waschmaschinen. Er tritt mit seinem Wäschekorb an eine heran und stopft seine Kleidung in den metallischen Innenraum.

Nachdem er die Waschmaschine mit Waschmittel befüllt hat, startet er das Programm. Langsam beginnt sich die Waschmaschine zu drehen, wie die Räder eines Rennwagens, und die Drehung wird mit jeder Sekunde immer schneller. Gleichzeitig beginnt ein gleichmäßiges Brummen zu ertönen. Auf einem kleinen digitalen Display, das die verbleibende Zeit des Waschgangs anzeigt, werden drei Stunden angezeigt. Frank zieht sein Handy aus der Tasche und stellt sich einen Wecker für drei Stunden. Er schaut der Waschmaschine noch für einen Moment zu, wie sie sich dreht, bis er sich schließlich wieder umdreht. Frank schaltet das Licht aus, öffnet die Tür und verlässt den Raum.

Die Tür fällt laut hinter ihm ins Schloss. Für einen kurzen Moment steht er da, doch dann beginnt er langsam und mit nervösem Blick, durch den Gang in Richtung der Treppe zugehen. Vor seinen Augen spielen sich abgehackt Bilder aus seinem Traum ab, den er zuvor am Morgen hatte. Er sucht die Wände nach Gemälden ab. Doch nichts - bloß dreckiger, grau-brauner Beton. Er steigt die Kellertreppe hinauf und schaltet das Licht aus. Mit springenden Schritten steigt er die Treppe hinauf, nachdem er die Kellertür geschlossen hat, und bleibt vor seiner Wohnungstür stehen.

Er betritt seine Wohnung und lässt seinen Blick umherschweifen. Seine Beine tragen ihn ins Schlafzimmer, und er legt sich auf sein Bett. Mit dem Ziel, ein wenig zu entspannen, schließt er seine Augen. Obwohl das Schlafzimmerfenster geschlossen ist, dringt der Lärm der auf der Straße fahrenden Autos von draußen in den Raum hinein. Frank rollt sich mehrmals von einer zur anderen Seite, bis er sich schließlich aufsetzt und sein Handy vom Nachttisch nimmt. Gelangweilt entsperrt er es und beginnt, auf einer Social-Media-App wahllos umherzuscrollen. Nach einer Weile schließt er die App wieder.

Ohne einen Plan oder eine Idee, was er machen könnte, beginnt er, ziellos unterschiedliche Teile seiner Wohnung auf- und umzuräumen. Frank setzt sich mehrmals an seinen Küchentisch, auf sein Wohnzimmer-Sofa, auf sein Bett oder auf den Boden und scannt seine Wohnung.

Gerade räumt er zum dritten Mal sein Geschirr um, da beginnt sein Handy zu klingeln. Frank schreckt zusammen. Er greift nach seinem vibrierenden Handy. Auf dem Display prangt die Erinnerung: „Wäsche fertig". Frank nickt und steckt sein Handy in die Hosentasche.

Mit vorsichtigen, fast zögerlichen Schritten geht er die Treppe hinunter. Er bleibt vor der Kellertür stehen und hält inne.

Frank atmet einmal tief durch und öffnet die Tür. Hektisch legt er den Lichtschalter um und packt nach dem Geländer. Vorsichtig steigt Frank die Treppe hinab und bleibt ruckartig vor dem Eingang des Gangs stehen. Er macht zögerlich den ersten Schritt, als wäre es eine instabile Brücke über einer tiefen Schlucht. Seine Atmung wird unregelmäßiger, und er geht los.

Am Ende des Gangs sieht er die schwarze Metalltür, umhüllt von dunklem, undurchdringbarem Nebel. Seine Schritte werden schneller und hastiger, und er stellt sich beinahe selbst ein Bein. Trotzdem scheint die Tür nicht näherzukommen. Franks Atmung beschleunigt sich, und er hält schließlich an. Langsam beugt er sich vor und stützt sich auf seinen Knien ab. Keuchend wischt sich Frank mit seiner rechten Hand über die Stirn. Einen Moment später erhebt er sich wieder und erreicht kurz darauf die Tür. Frank betritt den nass und chemisch riechenden Raum. Er schnappt sich einen Plastikkorb und öffnet die Waschmaschine. Konzentriert, darauf bedacht, dass er kein nasses Kleidungsstück auf den Boden fallen lässt, hebt Frank die nassen Kleidungsstücke aus der Waschmaschine und legt alle in den Korb hinein. Als alles sorgsam in den Korb gewandelt ist, hebt er ihn hoch und trägt ihn zu einem Wäscheständer in der Ecke.

Nachdem er alles aufgehängt hat, nimmt er seinen Wäschekorb und verlässt den Raum. Ihm steigt der modrige Geruch erneut in die Nase, und kriechend breitet sich ein unwohles Gefühl in ihm aus. Frank senkt seinen Kopf, beginnt loszulaufen und hebt seinen Kopf erst wieder, als er vor der Treppe steht.

Das grelle Licht seines Handydisplays blendet ihn, als er sein Handy aus der Hosentasche zieht. Die Ziffern der Digitaluhr zeigen an, dass es mittlerweile 16:07 Uhr ist. Frank geht zur Haustür. Er zieht sich schnell Jacke sowie Schuhe an und verlässt mit klarem Blick seine Wohnung. Die Tür fällt laut ins Schloss. Ein ähnliches Geräusch ertönt, als die Tür des Wohnungsgebäudes hinter ihm ins Schloss fällt.

Die Straße fühlt sich seltsam verlassen an. Ein paar vereinzelte Jugendliche jagen in Gruppen durch die Straßen. Familien mit Kindern auf Laufrädern spazieren herum. Franks Beine tragen ihn an eine Kreuzung. Er schaut nach links. Da ist der Kiosk, der heute geschlossen ist. Frank überlegt kurz, und sein Kopf gleitet von links nach rechts, nach links, nach rechts. Für einige Sekunden steht er starr da. Schließlich dreht er sich nach rechts und läuft los. Er verspürt ein seltsames Gefühl - die Umgebung, die er ansteuert, ist ihm unbekannt. Er weiß nicht, worauf er treffen wird.

Er erblickt Straßen und Häuser, die er nie zuvor gesehen hat, obwohl er nicht weit entfernt von seiner Wohnung ist. Er kommt zu einer Kirche - die Kirche, deren Glockenschläge er morgens immer auf dem Weg zur Arbeit hört? Das Gebäude ist aus dunklem, sauberem Gestein gebaut. An der Front sieht er ein großes, beeindruckendes Kirchenfenster. Für einen Moment hält er inne. Das Einzige, was er hört, sind seine eigenen Atemzüge.

Dann löst er sich aus seiner Starre und geht weiter. Dunkle Gassen durchbrechen immer wieder die langen Häuserstränge, an denen er vorbeizieht. Diese scheinen im Nichts zu enden.

Er sieht immer wieder sein Spiegelbild in den Fenstern der Häuser.

Frank erreicht eine Straße mit einer Reihe unterschiedlicher Läden: ein Geschäft für Instrumente, eins für Haushaltsartikel, ein Café und ein Schreibwarengeschäft. Frank blickt in die Schaufenster und bleibt plötzlich stehen. Er blickt in das fleckige und verstaubte Schaufenster eines verlassenen Modegeschäfts. Auf trostlosen Kleiderstangen hängen schwarze, geradlinig geschnittene, unpersönliche Kleidungsstücke. Inmitten des Labyrinths der Kleiderstangen steht eine Schaufensterpuppe - eine Schaufensterpuppe, die ein rotes Kleid präsentiert. Sie wirkt weder geradlinig noch starr, stattdessen scheint sie im Wind, den Frank nicht spürt, zu tanzen. Frank erinnert sich an das Gemälde. Das Innere des Geschäfts verändert sich für einen kurzen Moment zu dem Park, den er gesehen hat. Frank lächelt und geht weiter. Für die nächste Stunde läuft er orientierungslos, aber mit interessiertem Blick und einem heiteren Gesichtsausdruck durch die unbekannten Straßen. Auf einmal stutzt er und blickt sich um. Ihm wird klar, dass er wieder zurück an der Kreuzung ist.

Frank beginnt, in Richtung des Restaurants zu gehen, in dem er am Freitagabend gegessen hat. Er bleibt schließlich vor einer Bar stehen. Die dunkelbraune Fassade ist mit Blumen und anderen Pflanzen, die wild herumwuchern, geschmückt. Vor dem Eingang stehen drei Männer, die jeweils eine Zigarette rauchen und in ein Gespräch vertieft sind. Frank öffnet die schwere, knarzende Tür und betritt die Bar. Der Innenraum riecht sehr rustikal und ist erhellt von warmem

Licht, das von mehreren Deckenlampen im Raum verteilt wird. An der Theke sitzen zwei Männer mit dem Rücken zu Frank, die sich mit dem Barkeeper unterhalten. Der Barkeeper trägt ein weißes Hemd und eine schwarze Weste. Er hat ein schmales Gesicht und kurze schwarze Haare. Der Blick des Barkeepers huscht von den Männern an der Theke durch den Raum, ohne sich auf jemanden oder etwas zu fokussieren, doch für einen kurzen Moment trifft sein Blick den von Frank. Frank fühlt sich nervös, und in seinem Kopf wird lautstark diskutiert, ob er doch umkehren soll. Dann reißt ihn eine raue Stimme aus seinen Gedanken. „Kann ich Ihnen helfen? Wollen Sie etwas trinken?" Frank blickt zur Theke und realisiert, dass der Barkeeper ihn angesprochen hat. „Ich hätte gerne eine Cola", sagt er. Kurz darauf reicht ihm der Barkeeper ein Glas Cola, und Frank setzt sich an einen kleinen Tisch, einen Raum weiter. Als würde er - wie ein Polizist - Spuren suchen, blickt er durch den Raum und über die Wände. Drei andere Tische sind ebenfalls besetzt: eine Gruppe von vier Frauen, die ein Kartenspiel spielen, sechs ältere Männer, die sich über ihr Leben und ihre Kinder unterhalten, sowie ein junges Pärchen, das zusammen auf ein Tablet blickt und sich über etwas austauscht - vielleicht über ihre Urlaubsplanung oder die erste gemeinsame Wohnung?

An den Wänden hängen Bilder, von Menschen, die Frank unbekannt sind, Retro-Werbeplakate und eingerahmte Zitate. In den nächsten 45 Minuten strömen in unregelmäßigen Abständen immer mehr neue Menschen in die Bar. Frank verzieht das Gesicht und merkt, wie sein Blick von einer Ecke des Raumes in die andere hetzt. Er schließt die Augen und lässt den Lärm der Gespräche um ihn herum auf seine Ohren herunterprasseln. Schließlich steht er auf, läuft zur Theke und bezahlt seine Rechnung.

Frank macht sich gedankenverloren auf den Weg zurück zu seiner Wohnung. Er achtet kaum auf den Straßenverkehr und stößt, als er in eine Nebenstraße abbiegt, beinahe mit einem Auto zusammen. Frank springt gerade noch schnell genug zurück. Seine Atmung wird von jetzt auf gleich hastig und unkontrolliert. Das Auto fährt direkt weiter. Er beugt sich für einen Moment vor und stützt sich mit den Armen, auf den Knien ab. Nach ein paar Atemzügen richtet er sich wieder auf und geht weiter.

In seiner Wohnung angekommen, geht er in die Küche und setzt sich an den Tisch. Sein Blick scannt den Raum und fällt auf die Uhr an der Wand: 18:15 Uhr.

Er beginnt, sich Reis mit Gemüse zu kochen. Keine fünf Minuten, nachdem er eine Portion des fertigen Essens auf einen Teller geladen hat, ist dieser schon wieder leer - sauber, als hätte er ihn gar nicht erst benutzt. Ein dumpfes, schabendes Geräusch durchbricht die Luft in der Küche, als Frank auf seinem Stuhl zurückrückt. Er steht auf und öffnet die Spülmaschine. Eine warme Luftwolke weht ihm entgegen. Für einen Moment erscheint ein Bild vor seinen Augen: Er sieht sich und seine Eltern an einem Strand entlanggehen. Eine Brise lässt ihre Kleidung hin und her wehen. Doch so plötzlich das Bild erschienen ist, ist es auch schon wieder verschwunden.

Nachdem die Küche fertig aufgeräumt ist, geht er ins Wohnzimmer. Frank schaltet den Fernseher ein. Es läuft eine romantische Komödie, doch die Fernsehbilder scheinen für ihn von weit weg zu kommen. Er liegt auf dem Sofa und lässt die Ereignisse des Tages Revue passieren. Er verharrt nichts tuend, liegend auf dem Sofa. Mit der Zeit fällt es ihm immer schwerer, seine Augen offen zu halten, bis er irgendwann einschläft.

Später wacht er nass geschwitzt, umgeben von fast völliger Dunkelheit, auf. Der Fernseher läuft noch, doch Frank schaltet ihn aus. Er zieht sein Handy aus der Tasche - es ist 00:26 Uhr. Schwerfällig steht er auf und trottet ins Badezimmer. Frank putzt noch schnell seine Zähne und cremt sein Gesicht ein, bevor er in sein Schlafzimmer geht. Er schlüpft in seinen Schlafanzug, gähnt einmal laut und tritt vor das Schlafzimmerfenster.

Die Welt draußen erscheint ihm nahezu undurchdringlich dunkel. In wenigen Häusern brennen noch Lichter. Allerdings scheinen diese extra hell - genauso wie die Straßenlampen und Autolichter, die den grauen Beton erhellen. Frank dreht sich um. Er legt sich in sein Bett, zieht die Decke hoch, und nur ein paar Sekunden später schläft er ein.

8

Der Wecker klingelt.

Laut gähnend, mit noch halb geschlossenen Augen, streckt
sich Frank ausgiebig mit einer Bewegung, die an
Brustschwimmen erinnert.

Ungeschickt setzt er sich auf und greift nach seinem Handy
auf dem Nachttisch. Doch sein Griff ist nicht fest genug, und
sein Handy rutscht ihm aus der Hand. Es knallt laut auf den
Boden, und das Geräusch dröhnt durch Franks Kopf. Er merkt
gar nicht, dass er seine Augen wieder geschlossen hat. Als er
sie wieder öffnet, scannt er rasch den Boden, bis er schließlich
sein Handy entdeckt. Frank setzt sich an die Bettkante und
hebt es auf. Er starrt auf das schwarze Display und auf seine
Spiegelung. Die Spiegelung seines Gesichts wird von einem
geraden, sauberen Riss in zwei Hälften geteilt, wie ein Fluss
oder eine Landesgrenze, eingezeichnet auf einer Landkarte.
Frank legt sein Handy mit dem Display nach oben zurück auf
den Nachttisch. Anschließend springt er von seinem Bett auf
und tritt an das Fenster. Draußen sind bereits einige Autos und
Menschen unterwegs. Die Geräusche, die von draußen in sein
Schlafzimmer dringen, erinnern Frank an einen Zoo mit all
den unterschiedlichen Tiergeräuschen. Der Himmel ist klar
und blau, doch in der Ferne meint Frank, eine graue
Wolkenwand zu erkennen. Bevor er von dem Fenster wegtritt,
öffnet er es und atmet einmal tief die frische Luft ein.

Frank holt sich aus seinem Kleiderschrank neue Unterwäsche
und geht ins Badezimmer. Er dreht sich einmal in dem weißen

Raum und stellt sich vor den Spiegel. Der Pickel auf seiner Stirn ist noch weiter abgeschwollen und hat mittlerweile eine pastellartige Farbe angenommen. Allerdings entdeckt er, dass sich ein neuer auf seiner rechten Schläfe gebildet hat. Es kribbelt auf seinem Gesicht, als er mit der Hand über sein Kinn und seine Wangen streicht. Er begutachtet sich genauer. Die fleckig verstreuten Barthaare an seinem Kinn und seinen Wangen sind etwas dichter und dunkler als am Tag zuvor.

Frank zieht sich aus. Er schnappt sich einen Waschlappen und geht über den kalten Fliesenboden zur Dusche. Er bleibt vor der Duschkabine stehen und beugt sich vor, um das Wasser einzuschalten. Frank hält seinen Arm unter den Strahl, so lange, bis dieser warm geworden ist. Schließlich betritt er die Duschkabine.

Die Glaswände der Dusche sind aus Glas, das den restlichen Raum vor seinem Blick verschwimmen lässt. Die warmen Wassertropfen treffen gleichmäßig seinen Körper, und Frank schließt seine Augen.

Er steht auf einem kleinen Podest in einem fast komplett abgedunkelten Raum. Die einzige Lichtquelle kommt von einer kleinen und sehr schwachen Lampe, die an dem Podest angebracht ist, auf dem er steht. Frank kann erkennen, dass der Raum rund ist. Auf einmal beginnt sich das Podest zu drehen, und an den Wänden erscheinen Bilder und Videos, wie in einer Bilder-App auf dem Handy. Sein Herz beginnt schneller und unregelmäßig zu schlagen. Er sieht verschwommen Szenen aus seiner Kindheit, vielleicht der Schulzeit. Er bekommt gerade sein Abschlusszeugnis, er wird eingeschult mit einer großen roten Schultüte. Frank sieht sich bei seinem ersten Arbeitstag. Er sieht unzählige U-Bahn-Haltestellen und Gleise, und immer wieder flackert kurz ein Bild der Frau im roten Kleid auf. Im Hintergrund türmen sich unterschiedliche Stimmen übereinander. Sie werden immer lauter und bedrohlicher. Frank kauert sich auf den Boden. Das Bild eines Güterzugs, der vorbeirast, erscheint an der Wand. Schließlich sieht er sich selbst von hinten, wie er vor dem galerieartigen Gang steht. Plötzlich rennt er los. Frank sieht zu, wie er in den Gang hineinrennt. Dies ist das Letzte, was er sieht, bevor der Raum anfängt, sich aufzulösen.

Frank lehnt schwer atmend an der Duschwand. Schließlich drückt er sich von der Wand ab und stellt sich wieder unter den Wasserstrahl. Er beginnt, auf seinem Kopf Shampoo einzumassieren. Während er dieses einwirken lässt, wäscht er seinen Körper mit dem Waschlappen. Nachdem er seine Haare ausgewaschen hat, steigt er aus der Dusche und trocknet sich ab. Er zieht sich die frische Unterwäsche und seinen Schlafanzug an.

Frank tritt an das Waschbecken und den Spiegel heran. Durch die Luftfeuchtigkeit vom Duschen ist er komplett beschlagen, und Frank erkennt nur die schattenhaften Umrisse seines Spiegelbildes darin. Er überlegt kurz, dreht dann die Heizung neben der Tür herunter und öffnet das Fenster. Drei Minuten später wischt er kräftig mit einem Lappen über die Spiegeloberfläche, und mit jeder seiner Wischbewegungen wird sein Spiegelbild klarer und klarer.

Er legt sich Rasierer, Rasierschaum und Aftershave bereit und beginnt, den Rasierschaum auf seiner unteren Gesichtshälfte zu verteilen. Frank hält den Rasierer unters Wasser und legt die Klinge knapp vor seinem Ohr an. Er zieht sie nach unten, und die Haut, nun wieder freigelegt vom Rasierschaum, ist wie ein Wald, nachdem dessen Bäume abgeholzt wurden. Er rasiert weiter und wiederholt die gerade Bewegung mit dem Rasierer wieder und wieder. Doch er wird unaufmerksam. Sein Blick liegt zwar auf dem Spiegel, aber er beobachtet sich nicht beim Rasieren, sondern starrt einfach nur ins Nichts. Plötzlich zuckt er zusammen, und der Rasierer fällt ihm aus der Hand. Er schaut in den Spiegel. Er blutet an seinem Kinn. Mit etwas Toilettenpapier wischt er das Blut weg und rasiert mit schmerzverzerrtem Gesicht weiter.

Als er abschließend das Aftershave aufträgt, zischt er einmal. Er schraubt die Aftershave-Flasche zu und stellt sie mit dem Rasierer und dem Rasierschaum wieder zurück. Nachdem er das Badezimmerfenster wieder geschlossen und die Heizung hochgedreht hat, verlässt er den kalten, weißen Raum.

Seine Augen folgen dem Sekundenzeiger. Währenddessen beginnt seine Atmung ungleichmäßiger zu werden. In seinem Kopf scheint das Dröhnen eines Güterzugs lauter zu werden. Frank lenkt seinen Blick ruckartig vom Sekundenzeiger weg auf den Minutenzeiger. Das Dröhnen in seinem Kopf verstummt, und seine Atmung pendelt sich wieder ein. Plötzlich springt der schwarze Balken nach rechts. Es ist 7:13 Uhr.

Frank schreitet zum Kühlschrank. Er greift zur metallischen Klinke und öffnet die Tür. Seine Augen fahren im Slalom zwischen den unterschiedlichen Gläsern und Plastikpackungen im Inneren entlang. Frank greift sich schließlich eine Packung Butter und ein Glas Erdbeermarmelade. Er stellt beides auf den Küchentisch. Davor platziert er einen Teller, ein Glas und Besteck. Das Geräusch, das ertönt, sobald diese auf die Oberfläche des Tisches treffen, lässt Frank zusammenfahren. Er dreht sich vom Tisch weg und steckt zwei Scheiben Toast in seinen schwarzen Toaster. Der Toaster verbreitet einen leicht angekokelten Geruch in der Küche, weshalb Frank das Küchenfenster öffnen muss. Er stellt sich erwartungsvoll vor den Toaster, beugt sich leicht vor und lässt die heiße, austretende Luft auf sein Gesicht treffen. Wenig später springen die nun dunklen Scheiben Toast hoch. Frank nimmt sie mit spitzen Fingern und legt sie auf seinen Teller. Er pustet kurz über seine Fingerkuppen, bevor er sich an einen Stuhl am Küchentisch setzt. Er beginnt, Butter und Marmelade auf die Toastscheiben zu streichen, bevor er anfängt zu essen. Zusätzlich befüllt er sich sein Glas mit Wasser und öffnet die Musik-Streaming-App auf seinem Handy. Er lässt ein zufälliges Lied aus der Playlist abspielen, die er in den Tagen zuvor gehört hat. Eine Frau und ein Mann singen zu einer Melodie, die sehr unregelmäßig klingt. Frank fällt es schwer, dem Song aufmerksam zuzuhören. Die Melodie wechselt von schnell zu langsam und von leise zu laut. Außerdem sind immer wieder unterschiedliche Instrumente im Vordergrund zu hören, mal ein Schlagzeug und andere Male ein Klavier oder eine Geige. Viele der gesungenen Wörter ziehen, wie

Wind, an Frank vorbei, ohne dass er sie aufnehmen kann. Trotzdem versteht er, dass es in dem Lied um jemanden geht, dessen Wahrnehmung auf seine Umgebung sich drastisch ändert, nachdem er oder sie einen Schicksalsschlag erlitten hat.

Franks Teller und Glas sind leer. Er spült alles sauber und räumt das Geschirr zurück. Zuletzt stellt er die Marmelade und Butter zurück in den Kühlschrank und geht ins Badezimmer.

Er quetscht eine Linie Zahnpasta auf seine Zahnbürste. In den nächsten drei Minuten bildet sich in seinem Mund und um seine Zähne herum immer mehr Schaum. Frank spült seinen Mund und das Waschbecken aus. Er stellt seine Zahnbürste und Zahnpasta dahin zurück, wo er sie zuvor hergenommen hat. Er stylt noch seine Haare zur Seite. Allerdings achtet Frank darauf, dass der Scheitel nicht zu streng ist. Anschließend verlässt er das Badezimmer in Richtung Schlafzimmer.

Frank steht vor seinem geöffneten Schrank. Er holt eine Reihe unterschiedlicher Kleidungsstücke heraus und hält sie vor seinen Körper. Anfangs legt er die Kleidungsstücke, die er nicht anziehen möchte, noch ordentlich zurück in den Schrank, doch mit der Zeit wird er gestresst, weil er nichts findet, was ihm gefällt, und die Kleidung fliegt durch den Raum.

Frank steht unentschlossen auf dem Klamottenschlachtfeld in seinem Zimmer und wischt sich über die Stirn. Er startet einen letzten Versuch und wühlt durch die Kleidung, die strukturlos auf dem Bett und Boden herumliegen, bis er ein hellblaues Hemd, einen roten Pullunder, eine dunkelblau gemusterte Krawatte, eine dunkelblaue Anzugshose und ein dunkelgrau-braun gemustertes Sakko in seinen Händen hält. Er schlüpft in die ausgewählten Kleidungsstücke hinein und setzt sich auf sein Bett.

Frank stutzt. Er blickt auf die Tür zu seinem Zimmer - diese steht offen und dockt an die Wand an. Angelehnt an diese Wand und hinter der Tür steht ein Spiegel. Er steht auf und hebt ihn keuchend hoch. Frank lehnt ihn an die freie, weiße Wand gegenüber seines Betts. Frank erinnert sich, wie er diesen Spiegel mit seinem Vater zusammengekauft hat, als er in seine eigene Wohnung gezogen ist.

Frank macht einen Schritt zurück und begutachtet den Spiegel genauer. Die rechteckige, spiegelnde Oberfläche ist verstaubt und nicht sonderlich klar. Frank legt die wild in seinem Zimmer verstreuten Textilien auf sein Bett. Er betrachtet sich kurz im Spiegel und lächelt. Dann steckt er sein Handy ein, greift sich seine Tasche und eilt zur Tür. Auf einem Bein hüpfend zieht er sich schnell seine schwarzen Schuhe an und verlässt seine Wohnung. Frank läuft eilig die Treppe hinunter und verlässt um 7:48 Uhr das Wohngebäude.

Frank schließt seine Augen und atmet einmal tief durch. Draußen herrscht eine angenehme Temperatur - nicht zu warm und nicht zu kalt - mit einer angenehmen Brise, die über seine Haut kitzelt. Frank schaut sich um. Die Äste von Bäumen wiegen im Wind, und Blätter jagen einander auf der

Straße hinterher. Er macht den ersten Schritt und läuft die Straße entlang in Richtung der Heimersdorfer U-Bahn-Station. Die Straße beginnt sich mit Autos und Fußgänger*innen zu füllen. Frank beobachtet die Menschen um ihn herum. Einige scheinen einen Tunnelblick zu haben und in ihrer eigenen Box zu sein, ohne die Umgebung wirklich wahrzunehmen. Ihm fällt aber auch das Gegenteil auf. Er sieht andere Menschen, die sich fröhlich unterhalten oder ihre Umgebung aufmerksam beobachten. Zwei Mal passiert es Frank, dass sein Blick so durch die Umgebung schweift, dass seine Augen die einer fremden Person treffen. Frank muss an die Harry-Potter-Filme denken - der ungewohnte Augenkontakt mit den Fremden löst in ihm das Gefühl aus, als hätte ihm jemand den Unsichtbarkeitsmantel vom Kopf gerissen.

Gong, Gong, Gong, Gong, Gong, Gong, Gong, Gong. Die kraftvollen Glockenschläge der Kirche durchdringen die Luft, und Frank hält für einen Moment inne.

Der kleine, bunte, mit verschiedenen Stickern beklebte und mit Graffiti besprühte Kiosk ist nur noch etwa zwanzig Meter von Frank entfernt. Der Kiosk-Inhaber und die drei Männer an dem runden Stehtisch davor blicken auf, als sich Frank nähert, erkennen und begrüßen ihn alle freundlich. Mit den Worten „Einen Latte Macchiato zum Mitnehmen, bitte", wendet sich Frank an den Kiosk-Inhaber. Er stellt sich einen Meter von den Männern und dem Stehtisch entfernt hin. Frank schaut dem Kiosk-Inhaber dabei zu, wie er seinen Kaffee zubereitet. Aus dem Innenraum ertönt klassische Musik.

Die drei Männer unterhalten sich über die wöchentlichen Fußballspiele. Anders als am Samstagmorgen reden sie weniger aggressiv, wütend oder angespannt, sondern eher neutral und sachlich. Franks Blick segelt erneut interessiert durch die Gegend, und seine Augen treffen irgendwann die des Kiosk-Inhabers. „Frank Meier, richtig?", spricht er Frank an. „Ja, genau", antwortet Frank. „Ich bin Vincent Küpper, aber sag ruhig einfach Vincent zu mir. Du entwickelst dich ja schließlich zu einem richtigen Stammkunden." Vincent lacht herzlich. Frank lächelt und begutachtet Vincent genauer. Er hat ein markantes, freundliches Gesicht mit wilden, dunkelbraunen Haaren und Bart. „Und das, Frank - ich darf doch Frank sagen -, sind Jonas, Valentin und Joshua." Vincent zeigt auf die drei Männer, die ihm bei der Nennung ihres Namens zunicken. „Die wirst du hier jeden Tag treffen, und sie reden - wie du wahrscheinlich schon gemerkt hast - nur über Fußball. Jeden einzelnen Morgen das Gleiche." Vincent schnaubt leicht, und Frank lächelt. „Was machst du beruflich, Frank?", fragt ihn der Mann namens Jonas. Jonas ist schlaksig gebaut, mit roten Haaren, Sommersprossen und sehr klaren, durchdringenden, blauen Augen. Er trägt weiße Sneaker, eine schwarze Hose und einen weißen Pullover. „Ich arbeite als Versicherungsvertreter." Die Männer nehmen seine Antwort nickend auf.

Vincent reicht ihm seinen Kaffeebecher, und Frank bezahlt ihn. „Auf Wiedersehen, ich muss los zur Bahn", verabschiedet sich Frank und läuft mit schnellen Schritten in Richtung U-Bahn-Station.

Frank sieht das blaue, rechteckige Schild mit dem „U" darauf und zieht sein Handy aus der Tasche. Es ist 8:11 Uhr, und Franks hastige Schritte werden wieder gleichmäßiger. Frank geht die schmutzige Treppe der U-Bahn-Station hinab. Hinter und vor ihm laufen einige andere Menschen, die sich über Musik und Politik unterhalten. Er geht durch den unterirdischen Gang in Richtung des Gleises. An den Wänden wird mit Plakaten für Konzerte, Theateraufführungen und aktuelle Kinovorstellungen geworben. Frank wirft seinen leeren Kaffeebecher in einen Mülleimer und senkt seinen Blick, bis er das Gleis betritt. Auf der schwarzen Gummiplattform stehen zahlreiche Menschen, verstreut wie Schachfiguren auf einem Schachbrett im Verlauf eines Spiels. Frank kommt es so vor, als würde er in einem Raum vor einer Wand stehen mit unzähligen Bildschirmen. Egal, wo er hinschaut - ihm fallen immer neue Menschen auf, die unterschiedliche Handlungen ausüben, wie verschiedene Fernsehsender. Da steht eine Familie mit einem schreienden Kleinkind auf dem Schoß der Mutter. Die Eltern wirken beide gestresst und überfordert, und doch blicken sie beide ihr Kind liebevoll an. Da stehen vier Jugendliche, die lautstark lachen und sich gegenseitig Sachen auf ihren Handys zeigen. Weiter hinten auf dem Gleis, auf einer der grauen Plastikbänke, sitzt ein altes Ehepaar. Die Körperhaltung der beiden erscheint geschwächt, und Falten ziehen sich über ihre Arme und Wangen, aber ihre Augen sind klar und kraftvoll.

Auf einmal werden sämtliche Bilder um ihn herum verschwommen. Frank schlingt seine Arme um seinen Körper und senkt seinen Blick, als das donnernde Geräusch immer näherkommt. Er löst sich erst wieder aus seiner Starre, als die

Bahn angehalten hat. Frank steht auf und geht auf eine der Türen zu. Allerdings muss er seine Schritte abrupt stoppen, um nicht mit einer Frau zusammen zu stoßen. Das Gesicht der Frau ist leicht gedreht und erscheint nicht klar, als würden seine Augen von der Sonne geblendet werden. „Entschuldigen Sie!", sagt sie mit freundlicher Stimme, die aber zum größten Teil von den anderen Stimmen um sie herum verschluckt wird, und Frank ist nicht fähig, den Klang ihrer Stimme in Worte zu fassen. Die Tür der U-Bahn geht auf. Frank braucht eine Sekunde, bis sein Gehirn aufnahmefähig ist. Dann realisiert er, dass es sich bei der Frau um die Frau im roten Kleid handelt. Er betritt den U-Bahn-Wagon. Ihr Kleid ist wie ein abstraktes Kunstwerk: mehrere Lagen, unterschiedliche Materialien und unterschiedliche Rottöne. Sie setzt sich am Ende des Wagens an ein Fenster, und Frank setzt sich ihr zugewandt auf einen Platz, einige Sitzreihen von ihr entfernt. Sie zieht ein Buch aus ihrer Tasche und beginnt, sich darin zu vertiefen. Frank erkennt, dass es das Buch mit dem roten Cover, dem schwarzen Rand und dem Spiegel ist. Er kneift seine Augen zusammen und schafft es, den Titel zu lesen. „Das Spiegelbild" prangt in verschnörkelter Schrift auf dem Cover. Frank öffnet die Notizen-App auf seinem Handy und schreibt sich den Titel auf.

In der Bahn herrscht reges Treiben, wie auf einem Wochenendmarkt. Die unterschiedlichsten Gespräche, die unterschiedlichsten Stimmen und unterschiedlichsten Gerüche erfüllen den Wagen von unten bis oben.

Frank schaut aus dem Fenster. Er sieht Straßenmusiker, Menschen, die durch die Straßen joggen, und eine Gruppe, die auf einer Wiese in einem Park Yoga macht. Immer wieder schaut er zu der Frau im roten Kleid rüber. Ihr Gesicht kann er allerdings weiterhin nicht sehen, weil es von dem Buch verdeckt wird.

„Nächste Station Mediapark." Die knackende Durchsagestimme übertönt sämtliche Gespräche im Inneren der Bahn, und Frank steht von seinem Platz auf. Die Bahn bremst langsam ab, und die Türen öffnen sich zischend. Frank wirft einen letzten Blick in die Bahn und lächelt.

Die Straßen sind inzwischen sehr voll, und Autos stehen im Stau, ohne wirklich vorwärtszukommen. Frank läuft an einem grünen Park vorbei. Er atmet frei ein und aus, als wäre seine Nase nach einer hartnäckigen Erkältung endlich wieder frei.

Am Horizont beginnt sich mit jedem seiner Schritte das Gebäude der „SicherPro VersicherungsAG" immer mehr aufzubauen.

Frank betritt durch die drehende Eingangstür die Lobby des Gebäudes. Er scannt sich mit seiner Chipkarte ein und blickt sich um. Hier und da stehen in Anzüge gekleidete Männer mit streng zurück- oder zur Seite gestylten Haaren, die sich miteinander unterhalten. In der Mitte der Lobby steht eine Sitzecke mit schwarzen Ledersofas. Eine Gruppe von vier Männern, alle um die 45, sitzt dort mit einer Reihe von verschiedenen Dokumenten, die auf einem Tisch vor ihnen ausgebreitet sind. Auch an der Rezeption steht ein Mann im Anzug, der sich mit dem gelangweilt aussehenden Rezeptionisten unterhält. Abgesehen von den Sofas in der

Mitte der Lobby gibt es sonst keinerlei Deko in dem grauen, weitläufigen Raum, und Frank kommt sich selbst sehr klein vor.

Franks Schritte hallen laut von den Wänden, wie das Prellen eines Basketballs, als er in Richtung des Aufzugs geht. Darüber hinaus blicken die Männer um ihn herum zu ihm auf, und Frank fühlt sich beobachtet, ohne Schutz.

Die Aufzugtüren öffnen sich langsam. „Guten Morgen, Frank." Frank dreht sich um. Da steht Manuel Madelung. „Guten Morgen", erwidert Frank und nickt freundlich. Gemeinsam betreten sie die graue Kabine. „Wie war dein Wochenende?", fragt Manuel. „Gut, ich habe meine Eltern besucht und ansonsten nichts Besonderes. Wie war deins?", antwortet Frank. „Meins war großartig, ich war mit meiner Freundin in den Niederlanden am Strand. Herrlich!", erwidert Manuel verträumt.

Ein wenig später öffnen sich die Aufzugtüren wieder. Frank verabschiedet sich und verlässt den Aufzug.

Klick, klick, klick. Ring, ring, ring. Das Klicken von Tastaturen und das Ringen eines Telefons erfüllen die stickige Etage. Frank geht geradewegs zu seinem Arbeitsplatz. Er stellt seine Tasche ab und hängt sein Sakko über die Lehne seines Schreibtischstuhls.

Er blickt auf seinen Bildschirm. Frank nimmt sich ein Taschentuch aus einer bereitstehenden Box auf seinem Schreibtisch und befreit die Oberfläche des Monitors vor sich von Staub. Seine Spiegelung auf dem schwarzen Monitor ist nun klar.

Ein "Bing" ertönt, als er seinen Computer einschaltet. Der Bildschirm färbt sich von Schwarz zu Rot, und das quadratische Logo des Softwareunternehmens erscheint auf dem Bildschirm. Er zieht Tastatur und Maus zu sich heran und öffnet das E-Mail-Programm.

Nachdem Frank für dreißig Minuten lang E-Mails von Kund*innen beantwortet und an einem eineinhalbstündigen Meeting teilgenommen hat, beginnen seine Bewegungen ein wenig unkonzentriert und langsam zu werden. Er steht auf und geht zur Kaffeemaschine. Er sucht und findet die rote Tasse, die er sonst immer benutzt und startet das Programm für einen Latte Macchiato. Der Geruch von Kaffee steigt Frank in die Nase, und er nimmt sich seine volle Tasse.

Ring, ring, ring. Das Klingeln des Telefons, vor ihm auf seinem Schreibtisch, reißt Frank aus seinen Gedanken, während er an einer Excel-Tabelle arbeitet. „Guten Tag, Frank Meier von der SicherPro VersicherungsAG, wie kann ich Ihnen helfen?", spricht Frank in den Hörer an seinem Ohr. „Ja, hallo, mein Name ist Carlotta Reise. Ich habe aktuell mein Auto bei der Ihnen versichert, allerdings ziehe ich im nächsten Monat um - nach Hawaii - und würde deswegen gerne meine Versicherung kündigen", antwortet ihm eine Frauenstimme. „Ich verstehe, das ist natürlich kein Problem. Das können wir sofort machen. Ich suche Sie direkt in unserer Kundenkartei", antwortet Frank, und die Frau bedankt sich.

Nachdem das Gespräch abgewickelt und die Versicherung der Frau gekündigt ist, lehnt sich Frank auf seinem Stuhl zurück. Er schließt die Augen. Einen Moment später setzt er sich wieder auf und arbeitet weiter an der Excel-Tabelle.

Frank blickt auf die Digitaluhr auf seinem Monitor. Es ist inzwischen 13:30 Uhr. Er steht vom Schreibtisch auf, schaltet den Computer aus und beginnt, sich auf den Weg zur Cafeteria zu machen.

Der große, beige und undekorierte Raum der Cafeteria wird erfüllt von klirrendem Geschirr und Gesprächen der sämtlicher Angestellt*innen. Nicht besonders laut, aber dennoch hörbar, kommt, Popmusik der 2000er-Jahre aus einer Musikbox. Frank geht zur Essensausgabe und bekommt von der freundlichen, älteren Bedienung einen Teller Gulasch gereicht. Er steuert auf den Tisch zu, an dem er gewöhnlich immer isst. Doch auf halbem Weg wird sein Name gerufen. Frank dreht sich suchend im Kreis und entdeckt Manuel Madelung. „Frank, komm, setz dich zu uns!" Neben Manuel sitzen zwei andere Männer. Frank überlegt kurz und beschließt dann die Einladung anzunehmen und sich zu ihnen an den Tisch zu setzen.

Während Frank isst, redet Manuel mit den zwei anderen Männern über ihre jeweiligen Urlaubspläne. Zwischendurch stellt er Frank zu unterschiedlichen Themen Fragen. „Hast du auch Urlaube geplant?" - „Warst du schon mal in den USA?" Anfangs antwortet Frank noch sehr knapp und versucht, nicht weitergehend ein Teil des Gesprächs zu werden. Mit der Zeit antwortet er allerdings etwas ausführlicher und stellt vereinzelte Gegenfragen.

Franks Teller ist leer. Für einen Moment bleibt er noch am Tisch sitzen, doch dann verabschiedet er sich und steht auf. Er stellt seinen Teller auf dem Geschirrwagen ab und fährt mit dem Aufzug zurück zu seinem Arbeitsplatz auf der zweiten Etage.

In der zweiten Hälfte seiner Schicht ist Frank nicht sehr fokussiert und stattdessen in seine Gedanken vertieft. Er schaut oft von seinem Platz aus durch die Fensterfront auf der Etage nach draußen auf die Häuserpassagen und vorbeifliegende Vögel. Frank füllt sich zwischendurch seine Tasse mit Kaffee nach. Er bearbeitet weiter die Excel-Tabelle, beantwortet E-Mails und führt drei weitere Kundentelefonate.

Als Frank um 17:30 Uhr sämtliche Aufgaben erledigt hat, atmet er erleichtert auf. Er schaltet den Computer aus und schiebt schwungvoll seinen Stuhl zurück an den Tisch. Frank wirft sich sein Sakko über, stellt die Tasse zurück und geht mit seiner Tasche in der Hand zum Aufzug.

Die Aufzugtüren öffnen sich, und gegen Franks Erwartung ist die Kabine leer. Er tritt ein und drückt auf die Eins. Der Aufzug bewegt sich mit einem gleichmäßigen Surren nach unten, und Frank betritt wenig später die Lobby. Diese ist inzwischen fast komplett leer. Frank geht geradewegs hindurch, ohne nach rechts und links zu schauen, und verlässt das Gebäude.

Auf den Straßen ist der Feierabendverkehr voll im Gange. Er beginnt langsam loszugehen, in Richtung der Mediapark-U-Bahn-Station. Nach der langen Zeit im Inneren des Arbeitsgebäudes und dem stumpfen Beantworten von E-Mails genießt er die Motorgeräusche der vorbeisausenden Autos, Busse und Motorräder, die ihm fast wie Musik vorkommen. Er schlendert weiter und blickt an der Häuserreihe rechts von ihm hoch. Frank kommt die Häuserzeile vor wie Teile mehrerer Puzzles, die man zu einem Bild zusammengesetzt hat. Das Bild ist ungewohnt, aber es durchbricht die Eintönigkeit.

Frank sieht viele Leute, die auf den Balkonen ihrer Wohnungen draußen beisammensitzen, reden und etwas trinken oder essen. Zusätzlich zu dem Bild der Häuserpassage ertönt plötzlich noch Musik, die mit jedem von Franks Schritten lauter und klarer klingt.

Frank steht zusammen mit etwa 15 anderen Menschen in einem Halbkreis um ein Klavier. Daran sitzt und spielt der Klavierspieler, dem Frank bereits mehrmals beim Spielen zugesehen hat. Er beobachtet, wie die alten Hände des Mannes schnell, flink und anmutig über die Tasten huschen. Eine Welle von kraftvollen und bewegenden Tönen überschwemmt und hüllt Frank ein. Er kann seinen Blick gar nicht lösen. Mit der Zeit wird es ein wenig kälter. Der Himmel wird etwas dunkler, doch Frank rührt sich nicht vom Fleck. Wie in einem Traum, ohne auf seine Umgebung zu achten, lässt er einfach nur die Töne auf sich herabprasseln.

Frank zieht sein Handy aus der Hosentasche. Es ist mittlerweile 18:22 Uhr. Er steckt sein Handy wieder ein und kramt seinen Geldbeutel hervor. Frank nimmt ein paar Münzen und geht auf das Klavier und den Mann zu. Er legt die Münzen in einen aufgestellten Hut, und seine Augen treffen die des Klavierspielers. Frank grübelt und sucht in seinem Kopf nach Worten. „Sie spielen wundervoll, vielen Dank!", bringt er mit zitternder Stimme hervor. Der Klavierspieler lächelt ihn gerührt an und sagt: „Vielen Dank, ich freue mich, wenn Leuten meine Musik gefällt." Dann spielt er weiter, und mit leicht zitternden Knien geht Frank weiter zur U-Bahn-Station.

Noch immer mit den Tönen des Klaviers im Ohr, betritt er das unterirdische U-Bahn-Gleis. Frank muss nicht lange warten, bis die Bahn einfährt. Er steigt ein, setzt sich und lehnt seinen Kopf an die kühle Fensterscheibe. Frank starrt aus dem Fenster. Abwechselnd sieht er sein Spiegelbild und die Straßen und Parks draußen. Er sieht einen Fußballplatz, auf dem ein Spiel ausgetragen wird. In einem Park spielen einige ältere Herren Boule und trinken dazu Bier. Er lehnt sich auf seinem Platz zurück und schließt seine Augen.

Frank verlässt das streng riechende U-Bahn-Gebäude. Es ist inzwischen dunkel geworden, doch die Straßen werden von Straßenlaternen und Autolichtern erhellt und wirken so nicht bedrohlich, sondern eher einladend. Er läuft vorbei an Restaurants, dem Supermarkt mit dem grellen Logo, einem Nagelstudio, einem Spielplatz und dem Kiosk. Der Geruch von Zigaretten liegt in der Luft, und Frank entdeckt unzählige

Zigarettenstummel auf dem Boden - wie Eisklumpen nach einem Hagelregen.

Genau wie Frank scheinen viele andere Menschen auf dem Weg nach Hause zu sein. Viele von ihnen sehen müde aus. Ihre Augen starren geradeaus ins Nichts oder auf den Boden. Andere hören Musik über Kopfhörer und scheinen die Umgebung nicht wahrzunehmen. Ein Mann hastet schnell an Frank vorbei, mit seinem Handy am Ohr. „Ich habe Ihnen die Unterlagen geschickt. Schauen Sie sie bitte durch. Unser Bericht muss morgen fertig sein. Vermasseln Sie es nicht!", redet er mit genervter Stimme auf sein Handy ein und fuchtelt mit seiner anderen Hand herum, als würde die Person, mit der er telefoniert, direkt vor ihm stehen.

Frank betritt seine Wohnung. Es ist mittlerweile 19:12 Uhr. Er zieht am Eingang seine Schuhe aus und geht in sein Schlafzimmer. Er stellt seine Tasche ab, zieht sein Sakko, Hemd, den Pullunder und die Krawatte aus und zieht sich stattdessen ein weißes T-Shirt und einen grauen Pulli an.

In der Küche öffnet er den Kühlschrank. Frank beginnt, sich Spaghetti Bolognese zu kochen. Nur wenige Minuten später ist die Küche erfüllt mit dem Geruch von Nudelwasser, Parmesan und Tomaten. Frank blickt in den Topf auf die blubbernde rote Bolognese-Soße. Frank probiert einen Löffel der Soße, würzt mit Salz und Pfeffer nach. Er rührt ein paar Mal kräftig um, probiert es noch einmal und nickt zufrieden.

Nachdem er die Nudeln über ein Sieb gegossen und sie für eine Minute abtropfen lassen hat, füllt er eine Portion auf einen Teller und gibt die Soße hinzu. Frank streut noch Käse darüber, füllt sich ein Glas mit Wasser und setzt sich an den Tisch. Er keucht und atmet heftig aus und ein, als er sich den ersten Löffel Nudeln mit Soße in den Mund schiebt und realisiert, dass es noch viel zu heiß ist. Er braucht einen Moment, um sich zu beruhigen.

Als sein Teller leer ist, stellt er ihn in die Spülmaschine, holt sich einen Spülmaschinen-Pod und startet das Programm. Er wäscht die Pfanne, den Topf und die anderen Utensilien, die er zuvor zum Kochen benutzt hat, von Hand und räumt anschließend alles zurück.

Frank zieht sich seine Schuhe und Jacke an und verlässt mit seiner gefüllten Gießkanne in der Hand seine Wohnung. Er geht recht langsam, damit kein Wasser überschwappt. Die Straßen sind fast komplett verlassen, nur wenige Menschen und Autos sind noch unterwegs. Jeder einzelne seiner Atemzüge und Schritte kommt ihm unglaublich laut vor. Die Äste der Bäume rasseln und rascheln im Wind.

Frank steht vor dem bepflanzten Podest. Er geht in die Hocke. Die Blumen sehen deutlich gesünder aus als noch ein paar Tage zuvor. Frank entdeckt einige Käfer, Ameisen und andere kleine Tierchen, die über die Erde und Pflanzen flitzen. Er drückt sich vom kalten Boden hoch und neigt die Gießkanne so, dass er das Wasser kontrolliert und gleichmäßig über die Blumen und die Erde verteilen kann. Als die Gießkanne leer ist, geht er zu den anderen zwei leeren Podesten und begutachtet diese genauer. Beide haben die gleiche dunkle, trockene Erde. So sehr sich Frank anstrengt und seine Augen zusammenkneift - kein noch so kleiner Fetzen Grün ist zu sehen. Er geht noch einmal zu dem bunten Podest. Die Wassertropfen auf den Blüten glänzen im Mondlicht. Frank lächelt müde.

Er schließt seine Wohnungstür auf und geht ins Wohnzimmer. Er schaltet eine Lampe und den Fernseher ein, lässt sich aufs Sofa fallen und deckt sich mit einer leicht muffig riechenden Wolldecke zu. Im Fernsehen läuft eine geschichtliche Wissenssendung über das Römische Reich. Die Stimme des Sprechers ist allerdings sehr monoton, und Frank wird müder und müder. Als er es kaum noch schafft, seine Augen offenzuhalten, schaltet er den Fernseher und die Lampe in der Ecke aus und geht ins Badezimmer.

In seiner Wohnung ist es völlig still, die einzigen Geräusche kommen von seiner Atmung und seinen Schritten.

Frank beginnt, sich die Zähne zu putzen, und eine minzige Duftwolke umschließt seinen Kopf. Während er mit der Bürste über seine Zähne kreist, schaut er in den Spiegel. Unter seinen Augen sind leichte Augenringe, und seine Haare liegen platt auf seinem Kopf. Die Pickel auf seiner Stirn und seinen Schläfen schimmern. Frank spuckt die Zahnpasta aus, stellt seine Zahnbürste zurück, spült seinen Mund mit Wasser aus und trägt etwas von seiner Creme auf seinem Gesicht auf. Danach geht er in sein Schlafzimmer.

Er steht mit weit aufgerissenen Augen vor seinem Bett, das bedeckt ist von Klamotten wie ein zugefrorener See. Er hat vergessen, dass er diese von seiner Outfitsuche am Morgen noch zurückräumen wollte. Frank überlegt, ob er jetzt noch aufräumen soll, nimmt es sich vor, es am nächsten Tag zu machen, und räumt sein Bett leidlich frei. Dann schlüpft er in seinen Schlafanzug und tritt an sein Schlafzimmerfenster.

Die Welt draußen ist dunkel, aber sehr klar, als hätte man eine Folie, die über dem Fenster lag, nun abgezogen. Die Lichter in den Häusern, die noch brennen, die Straßenlaternen, die Autolichter und der Mond scheinen so hell, dass sie nicht verschluckt werden können und die Dunkelheit nicht bedrohlich wirkt.

Frank dreht sich zu seinem Bett um, legt sich hin, und nach nur wenigen Minuten ist er eingeschlafen.

9

Der Wecker klingelt.

Frank öffnet seine Augen, stemmt sich mit seinen Händen von
der Matratze hoch und streckt sich ausgiebig. Er sitzt aufrecht
an das Kopfende seines Bettes gelehnt und guckt durch sein
Zimmer. Sein Zimmer ist immer noch nicht aufgeräumt. Seine
Kleidung liegen auf dem Boden verstreut wie verschiedenste
Blumen auf einer Wiese.

Frank reibt sich den krustigen Schlafsand aus den Augen und
greift nach seinem Handy, das auf dem kleinen Nachttisch
neben seinem Bett liegt. Er blickt auf das schwarze Display
und sein sich darin spiegelndes Gesicht. Der Riss in der Mitte
des Displays teilt sein Gesicht in zwei Hälften. Frank kommt
es so vor, als würde die eine Seite seines Gesichts deutlich
wacher aussehen als die andere. Er guckt nach, ob er neue
Nachrichten erhalten hat, doch außer Werbung ist sein
Posteingang leer. Danach legt er sein Handy zurück auf den
Nachttisch.

Frank rollt sich über sein Bett und steht auf. Er geht ans
Fenster und öffnet es. Er macht einen tiefen Atemzug und
lässt die frische Luft von draußen in seine Lungen strömen,
wie nach einem langen und tiefen Tauchgang. Draußen, links
vor seinem Fenster, steht ein Baum, der ihm noch nie
aufgefallen ist. Viele unterschiedlich lange und dicke Äste
ragen aus dem knorrigen Stamm heraus, in sämtliche
Richtungen. Auf einem der Äste liegt ein Vogelnest, aus dem
ein paar kleine, fedrige Köpfe hochragen. Frank lächelt und

beobachtet die kleine Vogelfamilie noch für einen Moment. Dann schließt er das Fenster wieder und dreht sich um.

Als er an seinem Bett vorbei zu seinem Kleiderschrank geht, bemerkt er Flecken auf seinem weißen Spannbettlaken und der Bettdecke. Frank steigt ein leicht muffiger Geruch in die Nase, während er Spannbettlaken, Decken- und Kissenbezug abzieht. Er legt den weiß-grau-gemusterten Stoff auf den Boden und holt aus seinem Kleiderschrank einen frischen, rot-gemusterten Bettbezug heraus. Frank verheddert sich mehrmals beim Beziehen seines Betts, Kissens und der Decke. Doch vier Minuten später ist er fertig. Frank ordnet und streicht alles glatt. Er blickt zufrieden hinab auf sein Bett.

Mit frischer Unterwäsche und dem dreckigen Bettbezug in der Hand geht er ins Badezimmer. Der Boden ist kalt und rutschig. Frank spürt die Rillen zwischen den Fliesen an seinen Fußsohlen. Sonnenstrahlen scheinen durch das Badezimmerfenster und werden von den weißen Fliesen, die Frank beinahe blenden, reflektiert.

Frank wendet sich dem Spiegel zu und betrachtet sein Spiegelbild. Seine Haare stehen kreuz und quer von seinem Kopf ab, als hätte jemand einen Laubbläser darauf gehalten. Seine Stirn liegt komplett frei, und der Pickel auf seiner Stirn ist fast gänzlich abgeschwollen. Nur noch ein rosiger Hubbel ist zurückgeblieben. Allerdings hat sich neben dem kleinen, spitzen Pickel an seiner Schläfe ein weiterer gebildet, wie ein kleines, pastellfarbenes Gebirge. Frank verzieht sein Gesicht, als er mit seinem Finger darüberstreicht. Die Haare an seinem Kinn und seinen Wangen sind zurückgekommen, und er verspürt ein leichtes Jucken auf der Haut. Diese ist leicht gerötet, nachdem er sich im Gesicht und am Hals gekratzt hat.

Frank macht eine fast schon elegante Drehung weg vom Spiegel und legt sein dreckiges Bettzeug in den Wäschekorb, ebenso wie seine getragene Unterwäsche, nachdem er sich ausgezogen hat.

Frank fällt auf, dass das Handtuch, mit dem er sich immer abtrocknet, sehr streng riecht und einige Flecken hat. Er legt es ebenfalls in den Wäschekorb und nimmt sich ein neues, rotes aus dem Schrank neben dem Waschbecken. Daraufhin landet sein Blick erneut im Spiegel. Er betrachtet seinen nackten Körper mit nervöser Atmung und unsicherem Blick. Frank steht auf einmal vor einem riesigen Theater, er zittert. Seine Augen fahren entlang der unzähligen, schwammigen Gesichter und Augen, die auf ihn gerichtet sind. Kurz darauf öffnet er seine Augen wieder. Ein weiteres Mal schaut er in den Spiegel. Dann nimmt er sich einen blauen Waschlappen, wendet sich ab und betritt wenige Sekunden später die Duschkabine.

Frank bemerkt einen leichten, fruchtig-frischen Geruch, den die noch offenstehende Schampooflasche verströmt. Er schließt den Deckel, macht einen Schritt zurück und schaltet das Wasser an. Das gleichmäßige Prasseln auf dem Duschboden erfüllt die Luft. Frank kann sich entspannen und seinen Kopf ausschalten. Als das Wasser warm ist, stellt er sich unter den Duschkopf, und das angenehm prasselnde Geräusch wird noch lauter. Frank schließt seine Augen, und das warme Wasser umhüllt ihn wie ein Kokon eine Raupe.

Für etwa vier Minuten steht er starr da und genießt das warme wohlige, Gefühl durch das an ihm hinabfließende Wasser, bis er seine Augen wieder öffnet. Er greift nach seiner Shampooflasche und massiert eine rosenkohlgroße Menge auf seinem Kopf in seine Haare ein. Zwischendurch muss er mit dem Waschlappen etwas Shampoo von seiner Stirn wegwischen. Fünf Minuten später wäscht er sich das Shampoo wieder aus und wäscht außerdem noch den Rest seines Körpers mit dem blauen Waschlappen. Sobald er fertig ist, steigt er tropfend und nass aus der Dusche heraus.

Er greift nach dem zuvor frisch aufgehängten roten Handtuch, rubbelt über seine Haare und sein Gesicht und trocknet seinen kompletten Körper ab. Dann zieht sich Frank frische Unterwäsche und seinen grau karierten Schlafanzug an. Er wirft sich noch seinen Bademantel über und geht auf die Badezimmertür zu. In der Tür stehend überlegt Frank für einen Moment, streicht sich über sein Kinn, doch verlässt dann doch das Badezimmer. Er schließt die Tür hinter sich und geht durch den kurzen, kaum beleuchteten Flur in seine Küche.

Wie ein Bär, der Winterschlaf hält, liegt sie vor ihm. Der Raum ist dunkel und noch still. Durch ein kleines Fenster scheint ein weiches Licht in den Raum, und Franks Schatten scheint sich auf dem Boden langsam aufzubauen. Das leichte Summen des Kühlschranks und das Ticken der Uhr kämpfen gegen die ansonsten erdrückende Stille an. Er blickt zur Seite auf die Uhr - es ist 7:11 Uhr. Seine Augen folgen dem Sekundenzeiger, der wie ein Rennwagen über die runde Rennstrecke braust, während der Minutenzeiger einen gemütlichen Spaziergang macht. Frank wendet sich ab und geht zum Kühlschrank.

Wie eine Parfümabteilung in einem Drogeriegeschäft, steigen ihm die unterschiedlichsten Gerüche in die Nase - vor allem Käse, aber auch Butter, Marmelade und Tomaten. Frank nimmt sich eine Packung Käse, Butter und Eier und stellt alles neben seinem Herd ab. Dann öffnet er eine Schublade, und es knistert laut, als er eine Plastiktüte heraushebt. Frank entnimmt der Tüte zwei helle Aufback-Weizenbrötchen und legt die Tüte wieder zurück. Er schließt die Schublade und schaltet den Backofen an.

Sobald der Ofen vorgeheizt ist, geht Frank darauf zu und bleibt etwa einen Meter davor stehen. Er schließt kurz seine Augen, als er den Ofen öffnet und seine Haut von warmer Luft getroffen wird. Er legt die zwei Brötchen auf ein Blech und stellt sich einen Handywecker auf zwölf Minuten. Für die nächsten sechs Minuten sitzt Frank an seinem Esstisch und beobachtet, wie das Licht im Inneren des Backofens immer heller wird und die Brötchen dunkler. Dann steht er auf, schaltet den Herd an und stellt eine Pfanne darauf. Ein paar Mal träufelt er Wasser in die Pfanne, um herauszufinden, ob sie bereits heiß genug ist, und als die Wassertropfen beim dritten Mal laut zischen, leicht blubbern und kurz darauf verdunsten, beginnt er sich zwei Spiegeleier darin zu braten.

In der Luft liegt ein leicht verbrannter und rauchiger Geruch. Frank erinnert sich, wie er als Kind Stockbrot über einem Lagerfeuer geröstet hat. Während sich das Eiweiß langsam blubbernd verfestigt und das zischende Bratgeräusch das

Ticken der Uhr und das Summen des Kühlschranks übertönt, zieht er sich weiße Ofenhandschuhe an und öffnet den Backofen. Vorsichtig holt er die zwei fertig gebackenen Brötchen heraus. Frank schaltet den Backofen ab und legt die Ofenhandschuhe zurück. Wenige Minuten später belegt sich die zwei Brötchen jeweils mit einem Spiegelei und einer Scheibe Käse. Er füllt sich noch ein Glas Wasser und setzt sich an seinen Esstisch. Frank nimmt den ersten Bissen vom Brötchen. Er spürt, wie etwas Warmes und Dickflüssiges sein Kinn und seine Hand hinabläuft. Er legt das Brötchen zurück auf den Teller und bemerkt, dass es das flüssige Eigelb ist. Frank wischt sich mit einem rauen Papiertuch das Kinn sauber und isst weiter.

Er schnappt sich sein Handy und klickt auf das Logo der Musik-Streaming-App. Frank öffnet die Playlist, die ihm ursprünglich vorgeschlagen wurde, und drückt auf „Shuffle". Ein Lied mit zarter Melodie beginnt zu spielen. Frank nimmt die Stimme eines Mannes und die einer Frau wahr. Die beiden Stimmen erzählen von einem Dino - einem Dino, der den Meteoriteneinschlag und die Eiszeit irgendwie überlebt hat und aufwacht, als das Eis wegtaut. Es wird beschrieben, wie er durch die Welt läuft und alles anders aussieht. Überall sind Tiere, die er noch nie gesehen hat, doch nirgendwo ist ein anderer Dino. Der Dino ist überfordert und versucht zu lernen, sich irgendwie an die neue, fremde Umgebung zu gewöhnen.

Auf seinem Teller sind nur noch einige braune Krümel und kleine gelbe Seen zurückgeblieben. Er schaltet die Musik ab und stellt sein Geschirr auf die Arbeitsfläche neben den Herd. Frank räumt rasch die Spülmaschine aus. Dabei hat er Glück, weil er einmal fast über die geöffnete Spülmaschinentür stolpert und ihm beinahe ein Stapel Teller aus der Hand fällt. Letztendlich ist die Spülmaschine komplett geleert, und Frank kann das Geschirr, welches er für sein Frühstück benutzt hat, einräumen.

Er füllt sein Glas noch einmal mit Wasser, trinkt es schnell wieder leer und geht ins Badezimmer.

Ein Teil der Zahnpasta, die er aus der Tube herausquetscht, fliegt zu weit und landet nicht auf der Bürste, sondern auf dem Porzellan des Waschbeckens. Frank dreht den Wasserhahn auf und wischt mit seiner Hand die kleine, erbsengroße Menge Zahnpasta in den Abfluss. Dabei beugt er sich vor und blickt in das schwarze, dunkle und tiefe Abflussloch.

Frank putzt sich die Zähne, und es dauert nicht lange, bis sein kompletter Mund voll ist, mit nach Minze schmeckendem und riechendem Schaum. Gleichmäßig macht er für die nächsten drei Minuten die gleichen kreisenden Bewegungen über seine Zähne. Frank wäscht sich die Hände, stellt seine Zahnbürste und Zahnpasta zurück und geht in sein Schlafzimmer.

Ein genervter Seufzer durchbricht die Luft, wie der Zug eines Schwertes, mit dem ein Kind durch die Luft schlägt. Frank kniet sich hin und sammelt sämtliche Kleidungsstücke krabbelnd vom Boden auf. Er kommt ein wenig ins Straucheln, als er sich mit vollen Armen wieder aufrappeln möchte. Er legt die Kleidung auf sein Bett und macht einen Schritt zurück. Sein Blick springt wie ein Tischtennisball von seinem fast leeren Kleiderschrank zu seinem Bett hin und her.

Frank breitet alles auf seinem Bett aus. Er hebt Kleidungsstück für Kleidungsstück hoch und prüft diese jeweils mit nachdenklichem Blick. Schließlich entscheidet er sich für einen dunkelblauen Anzug, ein hellblau-weiß gemustertes Hemd, eine blau-lila Krawatte und einen schwarzen Gürtel. Frank schließt seinen Kleiderschrank, legt sämtliche Kleidung wieder auf sein Bett und starrt darauf. Einen Moment verharrt er einfach so, dann öffnet er seinen Mund und sagt bestimmt: „Heute Abend, heute Abend."

Gerade will er sein Schlafzimmer verlassen, da fällt ihm auf dem Boden eine dunkelbraune Schachtel auf. Frank hebt sie auf. Sie hat etwa die Größe eines Dudens, und aus dem Innenraum kommen klirrende und klackernde Geräusche. Oben auf der Box sind verschnörkelte rote Linien, wie die Äste eines Baums zu sehen. Frank öffnet die Schachtel langsam. Darin liegen eine Armbanduhr, drei Ringe, eine Kette und zwei Armbänder. Er erinnert sich daran, dass er die Armbanduhr von seinem Vater geschenkt bekommen hat, als er sein Abitur bestanden hat. Bei dem restlichen Schmuck ist er sich nicht sicher, woher er diesen hat. Frank zögert für eine Weile, als würde in der Schachtel kein Schmuck, sondern eine Pistole liegen. Schließlich greift er sich einen der Ringe und steckt ihn an seinen Zeigefinger. Dann schließt er die Schachtel und stellt sie auf seinen Nachttisch ab.

Frank nimmt sein Handy in die Hand und checkt die Uhrzeit. Es ist 7:40 Uhr. Er zieht sich das Outfit an, das er ausgesucht hat. Er wirft einen prüfenden Blick in den Spiegel, der an die Zimmerwand angelehnt ist. Frank begutachtet den Anzug für zwei Minuten, dann nimmt er seine Tasche und verlässt das Schlafzimmer.

Nach einem kurzen Stopp im Badezimmer geht er mit gestylten Haaren zur Haustür. Frank zieht seine Schuhe an und öffnet die Wohnungstür. Gerade schließt er die Tür ab, da lässt ihn eine Stimme hinter ihm herumfahren. Vor ihm steht sein Nachbar - der Nachbar, der sich erst ein paar Tage zuvor bei ihm vorgestellt hat. Franks Kopf beginnt zu rattern, dann macht es Klick. „Richard Engel... Bertz, richtig?", fragt er unsicher. „Ja, genau. Und Sie: Frank Meier", antwortet Richard und reicht ihm die Hand. Frank ergreift sie. Richard trägt eine blaue Jeans mit weißen Sneakern und einen schwarzen Kapuzenpulli. Frank steckt seinen Schlüssel ein, und die beiden gehen gemeinsam die Treppe hinunter.

„Was machen Sie eigentlich beruflich?", fragt Frank. Richard wendet ihm sein Gesicht zu. „Ich bin Lehrer. Sport und Mathe.", antwortet er, und Frank nickt. „Und Sie?", fragt Richard Frank eine Sekunde später im Gegenzug. „Ich arbeite als Versicherungsvertreter.", erwidert Frank nach kurzem Überlegen. „Bei der SicherPro Versicherungs-AG." Die beiden erreichen die Tür des Wohnungsgebäudes. Richard öffnet die Tür und hält sie für Frank auf. „Danke schön!", sagt Frank und lächelt Richard kurz an.

„Wo müssen Sie lang?", fragt Richard. - „Ich muss zur U-Bahn-Station und dann zum Mediapark", erwidert Frank. „Das liegt leider nicht auf meinem Weg. Ich muss in die andere Richtung, und mein Auto steht dort", sagt Richard und zeigt mit dem Finger nach links. Frank und Richard verabschieden sich voneinander mit einem Händedruck. Frank legt ein hohes Tempo ein und macht sich auf den Weg in Richtung der U-Bahn-Station.

Der Kiosk ist nur noch wenige Meter entfernt, da erklingen die Glocken der Kirche. Frank hält für einen Moment inne und lässt die acht Glockenschläge auf sich wirken. Die Welt um ihn herum scheint für diesen kurzen Moment zu erstarren und zu verstummen. Eine Zigarette fällt langsam durch die Luft auf den Boden. Ein junger Mann stolpert gerade über den Bordstein, ein Baby in einem Kinderwagen weint, während die Mutter gestresst und mit verzweifelter Mimik in ihr Handy hineinspricht. Ein Bus fährt vorbei, in dem ein paar Teenager herumspringen, und der Busfahrer mit leerem Blick auf die Straße starrt. Ein Obdachloser mit zerzausten Haaren sitzt mit seinem Hund auf einer fleckigen Decke, an eine Hauswand gelehnt, und hält vorbeilaufenden Passant*innen einen Pappbecher hin. Der letzte Glockenschlag erklingt, und die Welt um ihn herum kehrt aus ihrer Starre zurück. Die Luft ist sofort wieder erfüllt von Motorgeräuschen, lauten Stimmen und dem Trommeln unzähliger Füße auf dem Boden.

Unzählige bunte, sich überlagernde Graffitis lassen den kleinen, sechseckigen Kiosk, nur noch wenige Meter von Frank entfernt, von der restlichen Umgebung abheben. Mit jedem seiner Schritte werden die Graffitis immer klarer. Frank erkennt einfache Schriftzüge, aber auch Logos, oder comichafte Bilder. Er sieht eine schattenhafte Gestalt, die in einen leeren Spiegel blickt, und ein Feld, auf dem Kinder umherrennen und unzählige schwarze, braune und verdorrte Blumen stehen. In der Mitte steht eine rote Blume, die kräftig am Blühen ist. Mit jedem seiner Schritte wird der chemische Geruch der Graffitis sowie der Geruch von Zigaretten und Bier präsenter. Schließlich steht er neben den drei Männern am Stehtisch und vor dem geöffneten Fenster des Kiosks. Der ältere Kioskbesitzer schaut heraus. Er trägt ein ungebügeltes, abgetragenes blaues Hemd und eine schwarze Schirmmütze. Sein Bart wurde seit gestern Morgen gestutzt.

„Guten Morgen Vincent, einen Cappuccino, bitte!", spricht Frank den Kioskbesitzer an. „Sehr gerne, Frank." Die Kaffeemaschine beginnt im Hintergrund zu brummen, und Frank wendet sich an die drei Männer. Jonas trägt eine schwarze Cordhose, schwarze Schuhe und ein weißes Langarmshirt, Joshua eine blaue Jeans, einen bordeauxfarbenen Kapuzenpulli und eine cremefarbene Mütze und Valentin eine graue Hose, einen schwarzen Pullover und eine schwarze Lederjacke. Die drei blicken zu Frank herüber, und Jonas beginnt das Gespräch: „Sag mal, Frank, wie lange wohnst du schon hier in Heimersdorf? „Seit acht Jahren. Ich habe nach der Schule noch zwei Jahre bei meinen Eltern, etwas außerhalb von Köln, gewohnt und bin dann hierhergezogen, als ich meinen Job bekommen habe. Seitdem bin ich nicht mehr umgezogen. Und wie lange wohnt ihr schon hier?", antwortet Frank. „Acht Jahre? Komisch, dass wir Dich erst seit ein paar Tagen sehen. Wir drei sind hier in der Gegend aufgewachsen und haben alle nach der Schule Arbeit hier im Umkreis gefunden. Für ein paar Jahre haben wir zu dritt in einer WG gewohnt, und mittlerweile wohnen wir jeweils mit unseren Frauen zusammen. Und Vincent hier kennen wir, seit wir in der ersten Klasse waren. Jeden Morgen vor der Schule haben wir uns hier eine Packung

Gummibärchen abgeholt. Das machen wir noch bis heute",
erwidert Joshua, und Vincent nickt lächelnd.

Für ein paar Sekunden muss Frank noch warten, doch dann
reicht ihm Vincent seinen Kaffeebecher. Frank bedankt sich
und bezahlt mit ein paar klirrenden Münzen. Mit den Worten
„Bis morgen" verabschiedet sich Frank von den Männern und
beschleunigt seine Schritte von jetzt auf gleich, da ein Blick
auf sein Handy ihm zeigt, dass es bereits 8:12 Uhr ist und er
sich etwas beeilen muss.

Frank stolpert beinahe die Treppe der U-Bahn-Station
herunter, als er mit langen und hektischen Schritten
hinabrennt. Völlig außer Atem kommt er noch pünktlich am
Bahnsteig an. Er beugt sich vor und blickt auf den schwarzen
Gummiboden des Gleises. Überall kleben bunte, über die
Jahre plattgetretene Kaugummis. Nachdem sich seine Atmung
nach etwa einer halben Minute wieder beruhigt hat, blickt er
auf. Ein paar Menschen am Bahnsteig schauen zu ihm
herüber, drehen ihre Köpfe jedoch wieder weg, als er in ihre
jeweilige Richtung schaut. Frei zu atmen fällt ihm schwer,
und der Güterzug in seinem Kopf fährt los, während sein
Blick hektisch über das Gleis hetzt. Sein Herz pocht laut, und
die Stimmen der Passant*innen hören sich an wie Hunderte
gleichzeitig spielende Radiosender, die alle gleichzeitig seine
Ohren beschallen. Frank schließt seine Augen und fokussiert
sich auf seine Atmung. Langsam pendelt sich der Schlag
seiner inneren Standuhr wieder ein. Er öffnet seine Augen
wieder und macht ein paar Schritte entlang des Gleises. Sein
Blick gleitet suchend von links nach rechts.

Die Bahn fährt laut donnernd ein, kommt zischend zum Stehen, und der metallische Geruch steigt ihm in die Nase. In diesem Moment bricht das zuvor starr erschienene Menschenpuzzle auf, und die Menschen gehen auf die Bahn zu. Inmitten dieser Menschentraube steht die Frau im roten Kleid. Sie betritt tänzelnd die U-Bahn und Frank folgt ihr. Die Bahn ist sehr voll, und er findet keinen freien Sitzplatz in dem vollen Wagen. Er greift nach einer der gelben, kühlen Stangen und hält sich daran fest, als die U-Bahn losfährt. Frank blickt nach rechts und realisiert, dass sie direkt neben ihm steht. Frank merkt, dass er nervös wird. Er schielt in unregelmäßigen Abständen immer wieder zu ihr hinüber, doch traut er sich nicht, seinen Kopf vollständig zu drehen - als würde ein Scharfschütze auf ihn zielen und bei einer ruckartigen Bewegung sofort abdrücken.

Der Geruch in der Bahn kommt Frank wie ein Eintopf aus den unterschiedlichsten Zutaten vor. Verschiedene Parfüms, Essen und Schweiß erfüllen die Luft. Ein paar Fenster sind offen, und durch die hohe Geschwindigkeit tritt frische, kühle Luft in das Innere des Wagens. Von irgendwoher hört Frank Rockmusik, die aus Kopfhörern zu ihm herüberklingt. Frank schließt seine Augen und fokussiert sich auf die Töne der Gitarren und des Schlagzeugs. Doch nach ein paar Minuten verstummen diese wieder, und Frank muss schließlich aussteigen. Er folgt vier anderen Menschen aus der Tür und dreht für eine Sekunde noch einmal seinen Kopf zurück. Die Frau blickt auf ihr Handy, mit weißen Kabelkopfhörern in ihren Ohren. Sie wippt leicht mit dem Kopf, und ihre Haare flattern um ihr Gesicht.

Frank betritt den Bahnsteig, und Wind trifft sein Gesicht, als die U-Bahn davonfährt. Er geht durch das unterirdische U-Bahn-Gebäude. Mehrere Obdachlose kauern auf dem Boden und blicken müde und mit leerem Blick kurz auf, wenn jemand an ihnen vorbeigeht. Frank sieht einen Kiosk, der in die Wand eingelassen ist. Durch das gläserne Schaufenster hindurch sieht er unzählige Zigarettenschachteln nebeneinander aufgereiht, Bierflaschen und bunte Schokoriegel.

Die Rolltreppe rattert. Kurz darauf steht er draußen vor dem Eingang und atmet die frische Luft ein. Frank blickt sich um. Die Umgebung ist stark belebt. Zahlreiche Fahrradfahrer*innen sind unterwegs und schlängeln sich über den Fahrradweg. Frank blickt in einige Autos hinein. Viele der Fahrer*innen blicken immer wieder gestresst auf ihre Armbanduhren und - als hätten sie nur wenig Zeit. Er geht los und muss mehrmals anhalten, um Joggern Platz zu machen, die an ihm vorbeirennen. Einige laufen zusammen und lachen ausgelassen. Sie wirken erschöpft und motiviert zugleich, und ihre Schritte sind kräftig und bestimmt.

Er läuft an Litfaßsäulen vorbei, die mit bunten Postern für lokale kulturelle Events werben. Frank beobachtet ein paar Hunde, die fröhlich bellend in einem Park hintereinander herjagen. Radiomusik dröhnt aus einem vorbeifahrenden Auto. Vögel kreisen, im Chor zwitschernd, über den Himmel.

Frank erblickt das große, graue Bürogebäude. Umgeben von den sonst bunten, belebten und hellen Gebäuden wirkt dieses, wie ein unfertiger Bereich auf einer Leinwand - als ob der oder die Künstler*in noch keine Idee gehabt hätte, wie dieser Bereich gestaltet werden soll. Er geht auf den Eingang zu, ihm folgen zwei weitere Männer, und gemeinsam betreten sie durch das gläserne Drehtor die Lobby der „SicherPro Versicherungs-AG".

Der große Raum ist durch eine Klimaanlage heruntergekühlt. Durch die Fliesen und kahlen weißen Wände entsteht eine ungemütliche Atmosphäre. Der zitronige Geruch von Reinigungsmitteln sowie Kaffee sticht Frank bereits in die Nase, bevor er überhaupt den ersten Schritt durch die Lobby gemacht hat. An der Rezeption sitzt der ältere Mann. Vor ihm auf dem Tresen liegt eine Zeitung, und er unterhält sich gedämpft mit einem Mann mittleren Alters, der wild mit seinen Händen gestikuliert. Aus jeglichen Richtungen hallen Stimmen, die zu einer lauten Masse von unzusammenhängenden Worten verschmelzen.

Frank dreht sich einmal im Kreis um sich selbst und lässt den farblosen Raum der Lobby auf sich wirken. Schließlich geht er auf den Aufzug zu.

Er steht vor den silberglänzenden Aufzugstüren. Seine Augen sind auf den geraden, schmalen Schlitz dazwischen gerichtet. Er sieht bloß pure Dunkelheit, bis sich plötzlich ein heller Lichtbalken hinter den Türen vor den Schlitz schiebt und sich die Aufzugstüren zischend öffnen. Frank tritt ein, und in diesem Moment ruft eine Stimme hinter ihm seinen Namen: „Frank, warte!" Frank dreht sich um, und sein Spiegelbild, das an den Wänden der Aufzugskabine zu sehen ist, tut es ihm gleich. Er streckt seinen Arm nach vorne aus und zieht ihn erst wieder zu sich zurück, als Manuel Madelung schwer atmend neben ihm in der quaderförmigen Kabine steht. Mit einem „Guten Morgen!" begrüßen sich die beiden Männer. Es ist komplett ruhig, nur Manuels Atmung durchschneidet die Luft.

„Wie lange arbeitest du eigentlich schon hier?", fragt Frank. „Hier noch nicht allzu lange. Seit etwas weniger als vier Monaten. Ich habe zuvor bei einer anderen Versicherung in Frankfurt gearbeitet. Und du?", erwidert Manuel. „Schon lange.", entgegnet Frank, „Ich habe hier mit 19 meine Ausbildung angefangen und bin seitdem hier. Also jetzt seit neun Jahren." Manuel nimmt die Antwort mit einem überraschten Gesichtsausdruck auf.

Ein paar wenige Atemzüge später hält der Aufzug auf der zweiten Etage an. Frank verabschiedet sich mit einem Händedruck von Manuel und betritt den grauen Teppichboden. Das Licht der LED-Panels an der Decke scheint grell und erhellt die unzähligen, mit dünnen weißen Trennwänden voneinander getrennten Schreibtische, die sich nur durch die davorsitzenden Angestellt*innen unterscheiden.

Er zieht seinen Schreibtischstuhl zurück. Dessen Räder bleiben auf dem Teppichboden hängen, und Frank muss Kraft aufwenden, um den Stuhl wieder zu lösen. Frank stellt seine Tasche auf den Boden, setzt sich auf den Stuhl und rückt an den Schreibtisch heran. Er zieht seine schwarze Tastatur und Computermaus zu sich heran und drückt auf den Startknopf seines Computers. Der Lüfter beginnt gleichmäßig zu brummen, und mit einem hohen, kurzen Ton färbt sich der

Bildschirm rot, bevor das Bild einer malerischen Bucht erscheint. Frank klickt mit seiner Maus auf den Bildschirm, gibt sein Passwort ein und öffnet das E-Mail-Programm.

Frank starrt auf die schwarzen, fettgedruckten, ungelesenen E-Mails in seinem Posteingang. Er scrollt herunter, klickt auf die älteste Mail, die am gestrigen Abend um 17:36 Uhr eingegangen ist, und liest sie gelangweilt durch. Dann klickt er auf „Antworten". Frank formuliert eine Antwort, drückt schließlich auf „Senden" und bewegt seine Maus seufzend auf die nächste E-Mail.

Sobald er die sechste stumpfe Antwort abgeschickt hat, schließt er das E-Mail-Programm wieder und öffnet mit demselben leeren Blick Excel. Frank blickt auf eine riesige, leere, noch auszufüllende Tabelle. Er lehnt sich auf seinem Stuhl zurück. Sein Blick wandert durch den Raum - von den Aufzugstüren rüber zur Fensterfront und zur Kaffeemaschine. Er erinnert sich daran, wie er sich vor neun Jahren hier zum ersten Mal umgeschaut hat. Ansonsten hat er allerdings keinerlei bildliche Erinnerungen an seine Arbeit. Die Zeit vor dem letzten Dienstag scheint keinerlei Bilder in seinem Inneren hinterlassen zu haben. Als wäre er nie da gewesen oder hätte sein Bewusstsein vor den Schichten jeweils ausgeschaltet und auf Autopilot gearbeitet. Frank steht auf und geht in das Badezimmer auf der Etage. Er tritt an eines der Waschbecken heran und starrt in den Spiegel. Mit seiner rechten Hand fasst er sich ins Gesicht in der Erwartung, Metall zu spüren, doch stattdessen fühlt er auf seinen Fingerkuppen nur seine Haut. Seine ungleichmäßig weiche, raue und stachelige Haut. Frank lässt seine Hand wieder sinken und macht einen Schritt zurück. Dann hebt er erneut seine rechte Hand und gibt sich selbst eine Ohrfeige.

Seine rechte Wange glänzt rot und pulsiert. Frank atmet schwer und beugt sich über das Waschbecken. Er sammelt etwas Wasser in seinen Händen und verreibt es sich in seinem Gesicht. Dann benutzt er kurz die Toilette und geht zurück an seinen Arbeitsplatz.

Eine halbe Stunde später sind einige unterschiedliche Daten in die Excel-Tabelle eingetragen. Gerade will er damit anfangen, eine weitere Spalte zu füllen, da klingelt das Telefon. Frank hebt den Hörer ohne zu zögern ab und begrüßt die Person am anderen Ende mit dem einstudierten Satz: „Hallo, Frank Meier von der SicherPro Versicherungs-AG. Wie kann ich Ihnen helfen?" - ohne überhaupt darüber nachgedacht zu haben, was er sagen könnte. Die Leitung knistert, bleibt jedoch ansonsten still. Frank räuspert sich und spricht erneut in den Hörer: „Hallo, hören Sie mich?" - „Ja, hallo, mein Name ist Marius Baldsiefen. Ich habe eine Mahnung in der Post gehabt, weil ich anscheinend eine Rechnung nicht gezahlt habe. Könnten Sie mir dabei behilflich sein?", ertönt eine schwache und kratzige Stimme aus dem Hörer. Frank öffnet die Kundenkartei auf seinem Computer und antwortet dem Kunden: „Ja, natürlich kann ich das. Sie müssten mir nur einmal sagen, um welche Versicherung es geht."

Das Problem ist schon bald gelöst, und Frank kann die Kundendatei wieder schließen. Gerade will Frank aufstehen und sich eine Tasse Kaffee machen, da klingelt das Telefon erneut. Frank blickt auf den Hörer und überlegt, mit welchem

Anliegen er sich in wenigen Sekunden auseinandersetzen muss. Er hebt langsam den Hörer ab und hält ihn an sein Ohr. Es bleibt still, bis Frank das Gespräch eröffnet.

Er muss erneut einen Kunden der Firma wegen der Kündigung einer Versicherung beraten und gibt sich Mühe, das Telefonat schnell abzuwickeln.

Für Franks Kolleg*innen könnte es so aussehen, als hätte er sich am Hörer verbrannt, denn nachdem er sich von dem Kunden verabschiedet hat, wartet er keine Sekunde und legt diesen fast werfend zurück - als wäre dieser glühend heiß. Anschließend steht er auf und geht zur Kaffeemaschine.

Während die Kaffeemaschine brummend die rot gemusterte Tasse füllt, wird Frank von einem anderen Angestellten, der hinter ihm an dessen Schreibtisch sitzt, angesprochen: „Sorry, wenn du gerade dabei bist - könntest du für mich eine Tasse machen? Cappuccino?" - „Ja, klar, kein Problem!", antwortet Frank, und der Mann nickt dankend.

Nachdem sein Kaffee also fertig ist, stellt er eine weitere Tasse bereit - eine komplett weiße.

Frank hat seine rot gemusterte Tasse in der einen Hand und die weiße in der anderen. „Entschuldigung, Ihr Kaffee!", sagt Frank und reicht dem Mann die heiße, dampfende Tasse. „Danke schön!", erwidert der Mann knapp und fokussiert sich direkt wieder auf seinen Bildschirm, nachdem er die Tasse von Frank entgegengenommen hat.

Er pustet in seine Tasse, und die Oberfläche pulsiert wie bei einem See, in den man einen Stein geworfen hat. Er nippt einmal langsam an seiner Tasse und stellt diese auf seinen Schreibtisch. Frank wartet drei Minuten und trinkt seinen Kaffee dann in großen Schlucken weiter.

Als er die Tasse für einen letzten Schluck zu seinem Mund hebt, stutzt er und sieht auf der glatten, weißen Oberfläche des Schreibtisches einen feinen, braunen Ringabdruck. Frank steht von seinem Stuhl auf und schaut auf den Tisch herunter. Der Ring passt nicht zu dem restlichen Bild seines perfekt sauberen und aufgeräumten Schreibtisches. Er nimmt sich ein Taschentuch, wischt den Ring weg und über den Boden seiner Tasse. Dann wirft er das Taschentuch in den grauen Plastikmülleimer, der unter seinem Schreibtisch steht.

Es ist mittlerweile 12:47 Uhr. Frank steht auf, schiebt seinen Stuhl an den Schreibtisch und macht den ersten Schritt in Richtung der Aufzugtüren. Doch es klingelt. Frank dreht sich um, geht zurück und hebt den Hörer ab.

Sieben Minuten später legt er den Hörer wieder zurück und geht mit raschen Schritten, ohne zurückzuschauen, zum Aufzug. Frank muss nur etwa zwölf Sekunden warten, bis die Aufzugtüren aufgehen. In der Kabine stehen zwei andere Männer, und Frank nickt ihnen kurz zu. Alle drei fahren auf die erste Etage des Gebäudes und betreten die Cafeteria.

„Was gibt es heute?", fragt Frank mit knurrendem Magen die Frau hinter der Theke. Sie hat kurze, lockige graue Haare sowie ein vom Alter gezeichnetes und dennoch freundliches

Gesicht. „Linsensuppe mit Brot und Salat", entgegnet sie und reicht Frank einen Moment später einen warmen, gefüllten, dampfenden Teller. Er bedankt sich und beginnt, sich Besteck aus einem Wagen herauskramen. Dabei kommt er etwas ins Straucheln und muss sich darauf konzentrieren, die Balance zu halten und seinen Teller nicht fallen zu lassen. Sein Arm, mit Löffel und Gabel in der Hand, segelt vom Besteckwagen durch die Luft zurück zu seinem Körper. Doch Frank verliert seine Balance, als jemand hinter ihm seinen Namen sagt. Er dreht sich ruckartig um, kommt ins Straucheln, versucht, nicht den Teller fallen zu lassen. Er springt auf einem Bein hin und her, um irgendwie das Gleichgewicht zu halten. Seine Augen sind auf den Teller gerichtet, der auf seiner Hand entlangrutscht. Frank versucht, den Rand zu greifen, doch er fasst daneben und sieht zu, wie der Teller langsam fällt. Aus der Musikbox in der Cafeteria kommt R'n'B-Musik, und Franks Blick wandert entlang der Tischreihen. Die Angestellt*innen sitzen aufgereiht nebeneinander und heben stoisch Gabeln mit Essen, während sie sich emotionslos miteinander unterhalten. Es knallt, und sämtliche Gespräche und andere Geräusche verstummen. Frank steht da. Alle Augen in dem großen Raum sind starr auf ihn gerichtet - als würden sie erwarten, dass er jetzt ein Musiksolo spielt. Er blickt auf den Boden: Der Teller ist zerschellt, und in einem Kreis verteilt liegen die Linsensuppe und das Brot.

Das Klirren des Geschirrs wird langsam wieder lauter, und Frank entdeckt Manuel vor sich. „Tut mir leid, Frank. Ich wollte dich nicht erschrecken!", sagt dieser und blickt ihm entschuldigend entgegen. „Alles gut, kein Problem!", erwidert Frank.

Nachdem die Scherben und das Essen aufgekehrt sind, wird Frank ein frischer Teller gereicht. Zusammen mit Manuel geht er zu einem der Tische. Die beiden unterhalten sich für die nächsten 20 Minuten über ihre jeweilige Arbeit bei der „SicherPro Versicherungs-AG". Außerdem erzählt Manuel, dass er gerade für einen Marathon trainiert, und legt Frank ans Herz, dass er Joggen auch mal ausprobieren sollte.

Frank und Manuel bringen schließlich ihre leeren Teller zu dem Geschirrwagen an der Wand. Wenig später betreten die beiden dann den Aufzug.

Die zweite Hälfte von Franks Schicht verläuft ohne besondere Zwischenfälle. Er berät eine Reihe weiterer Kund*innen per E-Mail und Telefon, füllt sich seine Tasse noch zweimal mit frischem Kaffee und nimmt an einem Meeting mit einigen seiner Arbeitskolleg*innen teil.

Auf die Minute genau um 17:00 Uhr färbt sich auf Knopfdruck der Bildschirm seines Computers wieder schwarz. Frank lässt seinen Blick durch die bereits leere Etage schweifen und betritt den leeren Aufzug.

Frank blickt sich um. Die Wände spiegeln sich ineinander. Eine unendlich weitreichende Spiegelung zieht sich durch die Wände hindurch endlos weiter. Er sieht sich selbst unzählige Male in einer Reihe aufgereiht. Frank schwingt seine Arme ein wenig hin und her und beobachtet seine zahllosen Spiegelbilder, die ihm die Bewegung synchron nachahmen. Frank legt seine rechte Hand auf den Spiegel und blickt sich selbst tief in die Augen. Er verharrt so für zwei Sekunden.

Doch plötzlich zieht er seine Hand von der Wand zurück, als hätte er sich verbrannt.

Die Aufzugtüren öffnen sich, und Frank schreitet, ohne sich noch einmal umzuschauen, durch die Lobby. Die Duftwolke des Reinigungsmittels begleitet ihn, als er das Gebäude verlässt und die Straße betritt.

Die Straße und der Bürgersteig sind ungleichmäßig gepflastert. Die Oberfläche ist uneben. Risse ziehen sich wie Flüsse über den grauen Beton. Die Reifen von Autos, Fahrrädern und Motorrädern klingen wie ein Beat: das gleichmäßige, tiefe Brummen zusammen mit leisem Surren. Dazu kommt der Chor der unzähligen Fußgänger*innen um Frank herum. Mit diesem Lied in den Ohren läuft er die Straße entlang.

Ein Wassertropfen landet auf Franks Nase, dann ein weiterer auf seiner Hand. Auf einmal beginnt es ohne Vorwarnung zu regnen. Frank beschleunigt seine Schritte und stellt sich vor einem ihm unbekannten Gebäude unter. Auf der Straße bilden sich Seen und Flüsse. Das Trommeln des Regens lässt Frank tagträumen. Vor ihm bildet sich eine dichte Wand aus Regen, durch die er nicht durchschauen kann - beziehungsweise bloß sehr verschwommen. Frank rührt sich für drei Sekunden nicht vom Fleck. Doch dann wacht er aus seiner Starre auf und dreht sich schnell um. Er blickt auf eine gläserne Eingangstür.

Frank schaut sich das Gebäude zum ersten Mal richtig an. An der Fassade prangt leuchtend der Schriftzug „Kino". Links und rechts von der Eingangstür hängen Plakate, die für neue Filme werben. Langsam drückt er die Tür auf und tritt ein.

Der Geruch von Popcorn und Nachos mit Käse erfüllt den relativ dunklen, mit Holz verkleideten Raum. An den Wänden hängen alte Filmplakate, die von den Wänden abblättern. Links im Raum sitzt eine junge Frau im Teenageralter hinter dem Tresen. Außerdem sind eine Popcornmaschine und ein Kühlschrank aufgebaut.

Nachdem die Frau einem Paar zwei Kinokarten verkauft hat, wendet sie sich an Frank: „Wie kann ich Ihnen denn helfen?" - „Welche für Filme laufen denn zurzeit?", fragt Frank.

Mit einer Karte für eine romantische Komödie in der Hand und einer kleinen Tüte süßen Popcorns geht Frank durch einen abgedunkelten Gang. Er läuft an der Tür für den Kinosaal „Nummer 1" sowie an unterschiedlichen Filmpostern vorbei und bleibt vor dem Kinosaal „Nummer 2" stehen. Prüfend blickt er auf sein Ticket und betritt den Raum.

Abgesehen von der großen, weiß grell leuchtenden Leinwand ist der Rest des Raumes dunkel. Frank nimmt einen ledrigen und leicht modrigen Geruch wahr. Mit suchendem Blick wandert er durch die Sitzreihen und lässt sich schließlich in Reihe acht auf Platz sechs fallen.

In den nächsten 13 Minuten füllen sich die Reihen, und als sich die weiße Leinwand bunt färbt, sitzen außer Frank noch weitere elf andere Personen in dem Kinosaal.

Für die nächsten eineinhalb Stunden sitzt Frank auf seinem Sitz, isst Popcorn, blickt auf die Leinwand und beobachtet die Menschen um ihn herum, wie einen zweiten Film, zusätzlich zu dem auf der Leinwand.

Als der Abspann zu laufen beginnt, bleibt er vorerst noch sitzen. Doch wenig später reiht er sich in den Menschenzug ein, der aus dem Kinosaal nach draußen strömt.

Inzwischen hat der Regen aufgehört. Frank geht los und zieht nebenbei sein Handy aus seiner Tasche heraus. Es ist inzwischen 19:02 Uhr.

Frank kommt der Mediapark-U-Bahn-Station näher. Doch er hält etwa 20 Meter vom Eingang entfernt an und tritt lächelnd näher an den Klavierspieler heran. Frank setzt sich auf eine Bank, schließt seine Augen und lauscht einfach der Musik. Die Töne des Klaviers übertönen sämtliche Motorgeräusche, den Wind und Züge aus der Ferne. Die Melodie, die der Klavierspieler heute spielt, ist ein Stück schneller als die an den Tagen zuvor. Frank sieht vor seinen Augen Menschen, die in einem vollen Park an einem sonnigen Tag zusammen tanzen. Ihre Kleidung weht im Wind zu ihren Bewegungen. Allerdings sind die Bewegungen der Tänzer auch so schnell und ruckartig, dass Frank den unterschiedlichen Stoffen keine genauen Farben zuzuordnen vermag und eher eine bunte Masse vor sich sieht. Doch dann wird die Melodie gefühlvoller und langsamer. Der Park bleibt, aber die bunte Masse löst sich auf, und Frank sieht einzelne, sich bewegende Personen. Er wünscht sie genauer zu erkennen, doch sie scheinen zu weit entfernt. Frank ist gerade dabei, seine Augen zusammenzukneifen und hinüber zu schauen, als sein Handy klingelt. Frank öffnet seine Augen wieder. Er braucht einen kurzen Moment, um sich wieder an seine Umgebung gewöhnen, bevor er ungeschickt sein Handy aus seiner Jackentasche kramt. Überrascht blickt er auf das Display und drückt auf die grüne Telefontaste, um den Anruf seines Vaters anzunehmen.

Franks Vater erklärt ihm knapp, dass er und Franks Mutter am Samstag den Tag über unterwegs sein werden. Er und Frank beschließen, das wöchentliche Mittagessen auf den Sonntag zu verschieben.

Klirrend fallen zwei Euro in den Hut des Klavierspielers, der sich herzlich bei Frank bedankt, woraufhin Frank weiter zur U-Bahn-Station geht. Die Klaviermusik begleitet ihn noch, bis er den unterirdischen, schmutzigen Gang betritt.

Fünf Minuten dauert es, bis die U-Bahn auf dem fast leeren Gleis einfährt. Während der Fahrt versucht Frank, aus dem Fenster zu schauen. Doch er ist später dran als sonst und draußen ist es bereits ziemlich dunkel. Er kann bloß sein Spiegelbild in der matschigen Scheibe erkennen. Dieses wird durch helle, tanzende Lichter von draußen erhellt. Seine sorgfältig gestylte Frisur hat sich über Tag gelöst, seine Haare fallen locker zur Seite und nach vorne. Seine Augen blicken ihn wach und klar an, obwohl Frank über die Fahrt hinweg einige Male gähnen muss.

Er steigt eine Treppe hinauf und verlässt den grauen Betonklotz der Heimersdorfer U-Bahn-Station. Die Lichter der Straßenlaternen kämpfen mit der Dunkelheit, um nicht von ihr verschlungen zu werden. Auf dem Weg zu seiner Wohnung sausen immer wieder Autos an ihm vorbei, die er nur als vorbeiziehende Lichter - ähnlich wie Sternschnuppen -wahrnimmt.

Bald erreicht er sein Ziel, und in seiner Wohnung zieht er seine Schuhe aus und wechselt sein Outfit zu einer Stoffhose und einem bequemen, dicken Pullover.

In seiner Küche bereitet er sich eine Portion Nudeln mit Pesto zu.

Nachdem er zügig aufgegessen hat, spült er sein benutztes Geschirr und befüllt die Gießkanne, mit der er um 20:48 Uhr seine Wohnung verlässt. Frank macht sich auf den Weg zu dem bepflanzten Podest.

Frank beobachtet, wie das Wasser aus der Gießkanne laut plätschernd auf der Erde aufkommt und kurz darauf im Boden versickert. Er schaltet seine Handy-Taschenlampe ein, hält sie hoch und begutachtet das Podest. Die neu gewachsenen, kleinen Pflanzen sind etwas größer und haben ein leuchtenderes Grün angenommen. Alle anderen Blumen recken ihre Blüten zum Himmel und sehen sehr gesund aus. Frank setzt sich auf den Boden, lehnt sich an das Holz an. Er blickt an den, mit Sternen besprühten, dunklen, endlosen Himmel. In seinem Kopf beginnt etwas ein Brettspiel zu spielen – mit seinem Gehirn als Spielbrett, seine Gedanken landen auf konstant neuen Feldern.

Mit der Zeit fällt es Frank immer schwerer, seine Augen offen zu halten, und er tritt schließlich den Heimweg an.

In seiner Wohnung schlurft er ins Badezimmer, putzt sich die Zähne, wäscht sein Gesicht und trägt die Hautcreme auf.

In seinem Schlafzimmer räumt er ein weiteres Mal sein Bett frei und tritt um 21:32 Uhr an sein Schlafzimmerfenster.

Er mustert sein Spiegelbild in der Fensterscheibe, doch öffnet dann das Fenster. Er atmet die frische Luft ein und lässt seinen Blick schweifen. Die Welt, die Frank erblickt, ist dunkel. Eine entspannte Stimmung breitet sich in ihm aus. Auf den Straßen sind noch einige Menschen unterwegs, manche laufen ausgelassen lachend in Gruppen. Einige Paare laufen Hand in Hand über die Straße, und ein Paar geht mit seinen Hunden Gassi. In vielen Häusern brennt in vereinzelten Fenstern noch Licht, wodurch die bunten Graffitis an den Hausfassaden noch sichtbar sind.

Frank stellt das Fenster auf Kipp, legt sich in sein Bett, deckt sich zu und ist keine drei Minuten später eingeschlafen.

10

Der Wecker klingelt.

Frank öffnet seine Augen eine Stunde früher als sonst und
setzt sich sofort im Bett auf. Durch sein Schlafzimmerfenster
sieht Frank draußen den Sonnenaufgang. Das Licht fällt auf
ihn und sein Bett. Der Rest des Raumes hingegen wird vom
Licht nicht getroffen und liegt noch dunkel um Frank herum.

Er greift nach seinem Handy, das neben ihm auf dem
Nachttisch liegt. Es ist 6:31 Uhr. Er legt sein Handy direkt
wieder beiseite und springt ruckartig von seinem Bett auf.
Kühle Luft, die durch das gekippte Fenster in das
Schlafzimmer hineinströmt, umhüllt Franks Körper, als er
sich auszieht. Kurz darauf beginnt er, seinen Kleiderschrank
nach Sportkleidung zu durchsuchen. Die dunkelblaue kurze
Hose und das schwarz-grün-gemusterte T-Shirt, für die er sich
schließlich entscheidet, sind ein ganzes Stück zu eng für ihn.
Frank schafft es nur mit Mühe, sich hineinzuzwängen.

Frank blickt in den großen Spiegel an seiner Wand und
mustert sich selbst und sein Outfit. Dann zieht er sich ein
ungetragenes Paar Sportschuhe an und betritt die Küche.
Nachdem er ein Glas Wasser getrunken hat, geht er mit
schnellen Schritten zur Wohnungstür und lässt diese hinter
sich ins Schloss fallen.

Die Straßen sind fast leer, und die Umgebung wirkt wie eine
Kopie derer, die er sonst jeden Morgen eine Stunde später

erblickt. Oder ist es andersherum, und er erblickt gerade zum ersten Mal die reelle Welt?

Es ist seltsam ruhig. Vereinzelte Motorgeräusche von Autos, Vogelrufe, das Rascheln von Blättern, das ferne Bellen eines Hundes und sein Herzschlag sind die einzigen Laute, die Frank wahrnimmt. Die Sonne ist mittlerweile aufgegangen. Ihre Strahlen tanzen auf den Pfützen, die vom gestrigen Regenschauer zurückgeblieben sind, wodurch diese glänzen.

Frank beginnt zögerlich und langsam loszulaufen - unsicher, wie schnell er laufen soll, um nicht direkt außer Atem zu geraten. In den ersten vier Minuten passt er sein Lauftempo mehrmals an. Es ist kühl und an seinen Armen breitet sich Gänsehaut aus. Allerdings verschwindet diese langsam wieder, je weiter er läuft. Frank biegt nach rechts in eine kleine Seitenstraße ab. Seine unkontrollierten Atemzüge verheddern sich miteinander, und er muss anhalten. Frank blickt kniend an einem kunstvoll bemalten Haus hoch. Die Fassade zeigt eine schattenhafte Person, die im seichten Wasser eines weiten Ozeans steht. Wellen rollen sanft heran. Doch es ist unklar, ob die Flut oder Ebbe gerade bevorsteht. Der Himmel ist eine Mischung aus warmem Licht und kühlen, dunklen Wolken. Es könnte ein Sturm aufziehen. Oder auch nicht.

Frank löst seinen Blick von der Hausfassade. Er beginnt weiterzulaufen und sein Tempo konstant zu erhöhen. Dabei achtet er vor allem darauf, dass seine Atmung gleichmäßig bleibt. Für die nächsten 15 Minuten tragen ihn seine Beine durch fremde Häuserblöcke, Straßen und Gassen. Er läuft vorbei an einer bunten Grundschule, einem Spielplatz und einem Fußballplatz. Frank fühlt sich wie einer der Entdecker, deren Geschichten er während seiner Schulzeit gehört hat. Kurz flackert vor seinen Augen das Bild langer, dunkler Tischreihen vor einer grünen Tafel auf. Frank zuckt ein wenig und versucht, das Bild aus seinem Kopf zu drängen.

Eine Schweißperle läuft über seine Stirn in sein Auge. Er wischt sie weg und merkt dabei, dass seine Stirn nass und heiß ist. Seine Kopfhaut juckt. Seine Schienbeine und Füße brennen, und auf der Höhe seiner Rippen beginnt er, einen stechenden Schmerz zu fühlen.

Frank biegt ein weiteres Mal ab und realisiert, dass er auf die Kirche zuläuft, deren Glockenschläge er morgens immer hört und an der er bereits am Sonntag vorbeigelaufen ist. Er verlangsamt sein Tempo ein wenig, und genau in diesem Moment durchbricht ein Glockenschlag die sonstige Stille um ihn herum. Sechs weitere, laute Schläge folgen, und Frank nimmt sein Tempo wieder auf.

Völlig verausgabt, geschwitzt und hechelnd betritt er, beinahe fallend, wieder seine Wohnung. Frank legt sich auf den angenehm kühlen Boden, schließt seine Augen und atmet schwer ein und aus. Langsam wird das Schlagzeug in seiner Brust leiser, bis es schließlich nur noch das weiche Prellen eines Basketballs ist.

Etwa drei Minuten später drückt er sich vom Boden hoch und geht in sein Schlafzimmer. Inzwischen ist der komplette

Raum durch das Sonnenlicht erleuchtet. Er sucht sich frische Unterwäsche zusammen und geht ins Badezimmer.

Der Raum ist kalt, und ihm fällt auf, dass er vergessen hat, die Heizung wieder hochzudrehen, nachdem er sie gestern zum Lüften ausgemacht hat. Frank schließt das Fenster und blickt in den Spiegel. Sein Gesicht glänzt rötlich und feucht. Die Pickel an seiner Schläfe haben ein knalliges Rot angenommen, und Schweißperlen laufen langsam seine Stirn und Wangen hinab wie Regentropfen an einem Fenster. Einige haben sich auch in seinem ungleichmäßigen Oberlippenbart und den anderen Stoppeln auf seinen Wangen gesammelt. Franks Haare kleben platt auf seiner Stirn.

Er zieht sich aus, legt seine getragenen und stark riechenden Sportsachen in den Wäschekorb und begutachtet seinen Körper im Spiegel. Wie in seinem Gesicht entdeckt er in der Mitte seiner Brust einen rötlichen Berg. Er lässt seine Hand darüber gleiten. Dann nimmt er sich einen unbenutzten blauen Waschlappen, wendet sich ab und betritt die Duschkabine.

Er schaltet das Wasser an und hält seinen Arm unter den Strahl, um zu spüren, wann es warm genug ist. Als es lauwarm ist, stellt sich Frank zögerlich unter den Duschkopf und lässt das sich immer noch kühl anfühlende Wasser an sich hinablaufen. Sein Körper scheint durch die Erfrischung aufzuwachen, und anstatt seine Augen zu schließen, wirft er sich zwei Hände voll kühles Wasser ins Gesicht. Er richtet den Duschstrahl auf seine Haare und fährt mit den Händen hindurch, um sie zu entknoten.

Sobald seine Haare und sein Körper gewaschen sind, steigt er triefend aus der Duschkabine, trocknet sich ab und zieht sich sporadisch an. Frank öffnet das Badezimmerfenster.

Der Spiegel über dem Waschbecken ist mit Wasserdampf beschlagen, und er sieht sein schattenhaftes, verschwommenes Spiegelbild darin. Frank nimmt sich einen anderen Waschlappen und reibt feste über den Spiegel, bis er sich selbst wieder klar auf der glatten Oberfläche sieht. Frank verteilt eine kleine Menge Rasierschaum auf seinem Kinn, Hals und seinen Wangen. Dann beugt er sich ein wenig vor und setzt seinen Rasierer knapp vor seinem linken Ohr an.

Im Vergleich zum letzten Mal fällt ihm das Rasieren deutlich leichter. Frank schafft es, sich nicht in die Haut zu schneiden. Dennoch brennt seine Haut ein wenig, als er das Aftershave aufträgt.

Um 7:34 Uhr betritt Frank seine Küche. Aufgrund der fortgeschrittenen Uhrzeit isst er lediglich eine Banane und trinkt ein großes Glas Wasser, bevor er in sein Schlafzimmer geht und beginnt, sich umzuziehen.

Der Raum ist immer noch nicht aufgeräumt und Frank beginnt, den bunten Haufen aus Kleidung zu durchsuchen, während durch das Fenster warmes Licht hereinscheint.

Frank zieht sich eine graue Anzugshose an, dazu ein weißes Hemd, eine rot-gemusterte Krawatte und das blaue Sakko, das er gestern bereits anhatte. Dazu nimmt er sich aus der kleinen Holzschachtel einen Ring und ein Armband. Dann schnappt er sich seine Tasche und geht erneut ins Badezimmer. Frank putzt sich die Zähne und stylt seine Haare.

Kreisend bewegt er seine Zahnbürste recht fest über seine Zähne. Er schmeckt Minze - und auf einmal noch etwas andreres. Frank blickt seinem Spiegelbild irritiert entgegen und öffnet seinen Mund. Inmitten des weißen Schaums sieht er ein wenig Blut.

Er spuckt schnell aus und spült seinen Mund aus. Anschließend verreibt er eine sehr kleine Menge Haarwachs auf seinen Handflächen und massiert es in seine Haare, bis diese relativ locker nach hinten fallen. Frank schließt das Fenster zu, verlässt das Badezimmer und läuft zur Wohnungstür. Um 7:53 Uhr fällt diese laut hinter ihm ins Schloss. Das Geräusch hallt durch das stille und leere Treppenhaus.

Vor dem Wohnungsgebäude bleibt er kurz stehen. Dort, wo vor einer Stunde noch Stille herrschte, herrscht nun reger Straßenverkehr. Es ist, als sei der Ton aufgedreht worden.

Frank geht los und stolpert über seine Schnürsenkel. Offensichtlich hat er sie in der Eile vorhin nicht konzentriert genug gebunden.

Sein Weg zur U-Bahn-Station verläuft normal. Um acht Uhr hört er zum zweiten Mal an diesem Tag die lauten Glockenschläge der Kirche, und wenig später erreicht er den kleinen, bunten Kiosk, der wie eine Oase in der Wüste vor ihm liegt.

„Guten Morgen allerseits!", begrüßt Frank die vier Männer und schüttelt jeweils ihre Hände. „Kannst du mir bitte einen Latte Macchiato machen, Vincent?", fragt er den Kiosk-Besitzer. „Aber natürlich!", erwidert dieser. „Wie geht's dir, Frank? Du wirkst wach heute", spricht ihn Valentin an. „Mir geht's gut. Ich war heute Morgen joggen, ich glaube, deswegen bin ich so wach." Die Männer nicken und geben im Chor ein „Mmh" von sich.

Dann spricht Jonas Frank an: „Wir gehen sonst jedes Wochenende zu viert ins Kölner Fußballstadion. Emanuel, unser Freund aus Ehrenfeld, kann diesen Samstag allerdings nicht. Wenn du möchtest, könntest du seine Karte haben, und wir nehmen dich mit."

In Franks Kopf fährt der Güterzug los, und er läuft durch ein Labyrinth auf der Suche nach einer Antwort. Letztendlich antwortet Frank mit „Ja". Jonas gibt ihm seine Nummer Details würden sie dann später klären. Frank bekommt seinen heißen Kaffeebecher, reicht Vincent einen Fünf-Euro-Schein und geht weiter.

Alle paar Sekunden schaut er auf sein Handy, um die Uhrzeit zu checken. Frank erreicht die U-Bahn-Station um 8:14 Uhr und rennt auf das Gleis, als gerade die Bahn ihre Türen schließt. Doch zu seinem Glück hält eine Passagierin ihm die Tür auf, und er springt noch pünktlich in die Bahn, die keine fünf Sekunden später losfährt. Frank blickt sich um und realisiert, dass es die Frau im roten Kleid war, die ihm die Tür aufgehalten hat. Sie hat sich hingesetzt und zieht gerade ihr Buch aus ihrer Tasche. Außer ihr ist der Wagen relativ leer.

„Danke schön!", keucht Frank noch außer Atem und mit zitternder Stimme. Der Rest seines Satzes wird von einem plötzlich beginnenden Schluckauf verschluckt. Er kann sehen, dass sie lächelt. Als die Frau gerade dabei ist, ihren Kopf zu Frank zu drehen, klingelt plötzlich ihr Handy. Sie hält es an ihr Ohr und dreht ihren Kopf wieder zur Seite.

Frank hält die Luft an, um seinen Schluckauf loszuwerden, doch zwanzig Sekunden später löst er das Schloss, mit dem er seinen Mund verschlossen hat, und atmet heftig ein und aus. Zu seiner Freude ist der Schluckauf verschwunden.

Für die restliche Fahrt blickt Frank aus dem Fenster. Er sieht U-Bahn-Stationen, deren Wände in den unterschiedlichsten Farben eingefärbt sind. Dazu kommen die übergroßen Werbetafeln mit übertrieben großen und knalligen Schriftzügen, bei deren Anblick sofort der Güterzug in seinem Kopf losfährt.

Der Wagon füllt sich, und es wird lauter. Ein Junge neben Frank packt gerade ein intensiv riechendes und prall gefülltes Sandwich aus. Als er zum ersten Mal abbeißt, fallen ein paar Salatblätter auf den fleckigen Boden der U-Bahn. Eine junge Frau betritt den Wagen, und ihr folgt eine rauchige Duftwolke, die in Franks Nase sticht.

Keine fünf Meter von Frank entfernt steht eine Frau und ein Mann mit ihrem Kinderwagen, aus dem abwechselnd Gelächter und Weinen erklingen. Er kann das Baby in dem Kinderwagen nicht erkennen. Stattdessen fällt sein Blick auf den jungen Mann, der vor dem Kinderwagen steht und auf -

wie Frank vermutet - sein Kind hinabblickt. Er wirbelt spielerisch mit seinen Händen durch die Luft und zieht Grimassen. Frank lächelt ein wenig gerührt, doch je länger er herüberblickt, desto mehr beginnen sich Regenwolken in ihm zu bilden, und er senkt seinen Blick.

„Aufgrund technischer Probleme verzögert sich die Weiterfahrt um wenige Minuten, wir bitten um Entschuldigung", ertönt die knackende, mechanische Stimme aus dem Lautsprecher und wird mit einem genervten Schnauben von den Fahrgästen aufgenommen, die sich steif umblicken, ohne ihre Mimik zu entspannen. Während der Durchsage sieht Frank schielend, wie sich die Frau im roten Kleid umschaut. Mehrmals will Frank zu ihr rüber blicken, doch sein Halsgelenk ist mit Schrauben unbeweglich gemacht.

Die Bahn fährt wieder los.

Frank steht von seinem Sitz auf, während die Durchsage-Stimme „Mediapark" als nächste Haltestelle ausruft. Er steht vor der Tür und sieht zu, wie die Bahn langsam an dem braun gefliesten Gleis anhält. Schnell schaut er noch einmal zu seinem Platz zurück und kontrolliert, ob er etwas versehentlich liegen gelassen hat. Als er seinen Kopf dann wieder dreht und sein Bein bereits den Schritt aus der Bahn heraus macht, schenkt er der Frau einen letzten Blick, ohne dass dieser erwidert oder bemerkt wird. Frank schaut der Bahn nach, als sie in den Tunnel fährt, sich entfernt und ihre Lichter von der Dunkelheit verschluckt werden.

Seine Schritte hallen laut von den Fliesen des Gleises, der Treppe und schließlich der grauen Straße wider, bevor sie von dem Lärm der vorbeibrausenden Autos übertönt werden.

Er beginnt, sich hastig durch das undurchsichtige Menschenfeld zu schlängeln, um zur Arbeit zu kommen. Dabei versucht er, das lauter werdende Zischen und Grummeln in seinem Kopf zu ignorieren.

Beim Überqueren der Straße treffen seine Füße abwechselnd den grauen Beton der Straße und die weißen Balken eines Zebrastreifens. Die ganze Stadt scheint auf dem Weg zur Arbeit zu sein. Frank schaut in leere, nichtssagende, gelangweilte und düstere Gesichter. Allerdings findet er auch ein paar vierblättrige Kleeblätter in Form von fröhlichen, motivierten und wachen Gesichtern. Manche summen auch vor sich hin und tragen Kopfhörer in ihren Ohren.

Ein Park, ein Fußballplatz, eine Einkaufsstraße, Straßenmusiker, die ihre Instrumente aufbauen, Crêpe-Stände und schließlich das Gebäude der „SicherPro VersicherungsAG".

Frank reißt sich einen Kaltwachsstreifen schnell von seinem Bein und betritt ein paar Sekunden später den Aufzug am Ende der Lobby. Frank lehnt sich an eine der Wände an und schließt seine Augen. Einige Sekunden später öffnen sich die Türen wieder und Frank läuft, ohne sich umzuschauen, zu seinem Schreibtisch. Trotzdem bemerkt er, dass sich einige Köpfe heben und sich ihm zuwenden.

Als würde seine Schicht so schneller umgehen, schaltet er schnell und ohne zu zögern den Computer ein. Franks Augen treffen die seines Spiegelbildes und er schaut in sein gelangweiltes und erschöpftes Gesicht, das vor dem Beginn seiner Schicht so wach und aufgeweckt aussah. Der Bildschirm wird rot, dann erscheint ein neuer. Ein ihm noch unbekannter Sperrbildschirm - das Bild eines Gebirgssees.

Um 9:37 Uhr erhält er per Mail einen Einladungslink, um für ein Online-Meeting teilzunehmen, und klickt ihn an. Frank setzt sich sein Headset auf und rutscht ein paar Mal auf seinem Stuhl hin und her. Sein Bildschirm wird schwarz und ein kleines weißes, sich drehendes Rädchen erscheint in der Mitte, wie ein Rad eines Zuges, der laut über Schienen hinweg donnert. Der Bildschirm seines Computers verändert sich. Auf einmal blickt er auf zwölf kleine Porträts, die sich aber bewegen. Frank kommt es so vor, als würde er das Prasseln von Regen von irgendwoher hören. „Freut mich, dass Sie sich alle hier eingefunden haben, dann legen wir los." Ein Mann, etwa Mitte 30, eröffnet das Meeting, macht seinen Bildschirm sichtbar und beginnt, die unterschiedlichen Punkte abzuarbeiten. Frank hört ein unregelmäßig lauter und leiser werdendes Trommeln. Er blendet die Worte des Mannes aus und blickt in die Gesichter seiner Kolleg*innen. Die Gesichter kommen ihm bekannt vor, wie Grundschulfreunde, die man nach zehn Jahren zum ersten Mal wiedersieht. In dem Meeting sind neben dem Mann, der das Meeting leitet, noch sechs weitere Männer und fünf Frauen. Frank liest sich die Namen durch. Etwa die Hälfte starrt starr in die Kamera - ohne mit der Wimper zu zucken, und Frank überlegt, ob ihre

Bilder eingefroren sind. Die andere Hälfte hört eifrig zu, schreibt mit und zeigt Gesichtszüge.

Irgendwann beendet der Mann seine Präsentation und bittet alle um ihre Meinungen sowie um Vorschläge für Ergänzungen und Verbesserungen. „Herr Meier, was denken Sie denn?", spricht der Mann Frank an, nachdem zuvor bereits vier Kolleg*innen ihr Feedback abgegeben haben. Frank hört ein Schlagzeug und schaltet sein Mikrofon an. Die Worte, die aus seinem Mund kommen, spielen Fangen miteinander und stolpern über ihre eigenen Füße. Doch Frank hält kurz inne, beginnt seinen Satz ein zweites Mal und teilt kurz seine Meinung mit. Diese besteht hauptsächlich aus den zuvor gesagten Aspekten, denen er sich anschließt.

Die Porträts verschwinden und Frank blickt auf eine graue Wand, auf der geschrieben steht: „Dieses Meeting ist beendet, hinterlassen Sie uns gerne eine Bewertung zur Audioqualität." Frank schließt die Seite, schiebt seine Tastatur und Maus von sich. Er steht von seinem Stuhl auf, um sich eine Tasse Kaffee zu holen.

Es klirrt, als Franks Hände den Wandschrank nach der roten Tasse durchsuchen. Doch egal, wie viele Tassen er beiseite schiebt, am Ende des weißen Tassenmeeres, geht keine rote Sonne auf. Frank macht einen Schritt zurück und lässt seine Arme herunterhängen. Er starrt auf die identischen weißen Tassen. Dann schließt er den Schrank wieder und geht gähnend zurück zu seinem Schreibtisch.

E-Mail, E-Mail, E-Mail, Telefonat, E-Mail, Telefonat, Telefonat, Excel-Tabelle, E-Mail. Franks eine Hälfte tippt gelangweilt und emotionslos auf der schwarzen Tastatur. Während die andere Hälfte sich auf der Etage umschaut und seine Kolleg*innen beobachtet. Telefonhörer werden zum Ohr gehoben und zurückgelegt, in rasantem Tempo wird auf Tastaturen herumgetippt. All das erinnert Frank an die stumpfe Arbeit in Fabriken, über die er schon mal eine Doku gesehen hat.

Um 12:20 Uhr stehen viele seiner Kolleg*innen synchron und mechanisch von ihren Plätzen auf und gehen zum Aufzug. Frank überlegt kurz und beschließt ebenfalls, seine Mittagspause einzulegen. Er fährt seinen Computer herunter, rückt auf seinem Schreibtischstuhl nach hinten und steht auf. Frank schiebt seinen Stuhl zurück an den Tisch und folgt der Schlange in Richtung des Aufzugs.

Sein Blick schweift über die geklonten Arbeitsplätze, die so dicht aneinander aufgereiht sind und doch vom jeweils anderen isoliert sind durch die gleichen, weißen Trennwände. Er begutachtet die Schreibtische genauer. Er sieht überall den gleichen Monitor, die gleiche Tastatur, den gleichen schwarzen Stuhl - alles sieht exakt gleich aus, und Frank zuckt zusammen.

Die Aufzugskabine ist voller Menschen, und Frank wird von allen Seiten zusammengedrückt. Von rechts drückt ein Ellenbogen gegen seine Rippen, irgendjemand steht ihm auf den Füßen, und von hinten stößt ihm durchgehend eine Tasche unangenehm in den Rücken.

Die Luft im Inneren der Kabine wird durchzogen von einem Regenbogen der verschiedensten Gerüche, und Frank schnappt heftig nach Luft, als sich die Aufzugtüren öffnen und er die Cafeteria betritt.

Franks Atmung beruhigt sich nach und nach - ähnlich wie ein Flummi, der sich nach einigen schnellen und hohen Sprüngen allmählich abbremst. Mitten in diese Beruhigung dringt Musik an sein Ohr. Aus dem Radio ertönt hoher Gesang einer Frauenstimme mit einem Orchester im Hintergrund. Für Frank sticht vor allem der Klang der Geigen heraus, und er schließt kurz seine Augen.

„Gehen Sie bitte weiter!", eine raue Stimme reißt ihn aus dem Moment, und er kehrt in die volle, stinkende und emotionslos wirkende Cafeteria zurück. Frank geht auf die Theke am Ende des Raumes zu. Er schaut an die leeren Wände und vollen Tischreihen.

Frank trägt seinen Teller mit Gemüselasagne in Richtung der Tischreihen. Er prüft, ob er Manuel irgendwo entdeckt. Doch keine Spur von ihm. Frank setzt sich an einen anderen Tisch. Rechts und links von ihm sitzen jeweils Gruppen von vier Leuten, die sich über Aktien und Ernährung unterhalten. Seine Aufmerksamkeit fliegt zwischen den unterschiedlichen Gesprächen hin und her, wie ein Ball bei einem Volleyballspiel. „Meine Frau und ich probieren aktuell aus, uns vegetarisch zu ernähren. Es funktioniert auch ganz gut, aber mein Steak vermisse ich schon.", sagt ein Mann, etwa 42, mit mittellangen, welligen braunen Haaren und Schnurrbart. „Mein Sohn hat mir letztens empfohlen, in ‚Rockstar' zu investieren. Das ist wohl eine Firma, die Videospiele herstellt, und dieses Jahr wird da ein neues Spiel erscheinen, auf das viele schon lange warten. Aber das ist mir zu unsicher.", kommt es von der anderen Seite, und so geht es für die nächsten 15 Minuten, in denen Frank dasitzt, genauso weiter.

Frank blickt auf den leeren weißen Teller vor sich, legt seine Gabel und sein Messer darauf und trägt den Teller zum Besteckwagen an der Wand. Davor hat sich eine kleine Schlange gebildet, und während er darauf wartet, sein Geschirr abstellen zu können, kommt Manuel Madelung mit einem gefüllten Teller auf ihn zu. „Hi Frank, hast du schon gegessen?", fragt Manuel ihn. „Ja, ich bin schon fertig. Dir einen guten Appetit.", antwortet er. Dieser bedankt sich herzlich und die beiden verabschieden sich wieder voneinander mit einem kurzen Händedruck.

Frank stellt sein Geschirr ab und fährt mit dem Aufzug zurück auf die zweite Etage.

Die nächsten vier Stunden bis 17:17 Uhr verlaufen ereignislos. Frank stützt seinen Kopf auf seiner rechten Handfläche ab und schläft mehrmals kurz für wenige Sekunden ein, wacht aber jedes Mal bloß einen Augenblick später wieder auf, da sein Kopf von seiner Handfläche abrutscht. Nach dem vierten Mal steht Frank von seinem Stuhl auf und füllt sich eine der weißen Tassen mit Kaffee. Während er dabei ist, die letzten Aufgaben für den Tag zu erledigen, wird er auf einmal sehr unruhig, fast schon aufgeregt - ähnlich wie ein Kind vor Weihnachten. Mehrmals muss er aufstehen, geht auf die Toilette oder an die Fenster, nur um nicht am Schreibtisch sitzen zu müssen.

Es ist 17:17 Uhr. Frank fährt den Computer herunter, schiebt Tastatur und Maus zurück, rückt den Schreibtischstuhl an den Tisch, stellt seine Tasse in die Spülmaschine, die unterhalb der Kaffeemaschine platziert ist und geht zum Aufzug.

In der Kabine stehen sonst noch eine Frau und ein Mann, die sich leise - fast flüsternd - miteinander unterhalten. Frank nickt den beiden freundlich, aber müde zu und wendet seinen Blick den Türen zu. Aus den Augenwinkeln sieht Frank in den spiegelnden Wänden sein eigenes Spiegelbild und das seiner zwei Kolleg*innen hinter sich.

Die Türen öffnen sich, und eine angestaute Welle von Desinfektionsmittel trifft Franks Nase. Er zieht die Nase hoch, kneift die Augen zusammen und kommt kurz ins Straucheln. Zwei Sekunden später macht er den ersten Schritt in die Lobby. Verteilt über den Raum stehen kleine Grüppchen von Menschen in dunkler, formeller Kleidung und steifer Haltung, die sich ausdruckslos miteinander unterhalten. Frank läuft schnell über eine instabile Hängebrücke ans Ende der Lobby zum Ausgang, stolpert dabei allerdings fast über seine eigenen Füße. Die sterile Stille der Lobby und des kompletten Gebäudes verstummt, und Frank hört die Autos, Motorräder und Busse vorbeidonnern, bevor er sie überhaupt sieht.

Frank folgt der Straße, wie jeden Abend, in Richtung der U-Bahn-Station. Auf seinem Weg läuft er an einem Park entlang. Der Wind lässt die Äste der Bäume tanzen, und

Knospen, Blüten und Blätter regnen auf den grauen Beton um ihn herum hinab und färben diesen bunt.

Auf einmal verlangsamt Frank seine Schritte. Vor dem Eingang der „Mediapark"-U-Bahn-Station ist ein rotes Band gespannt. Verwirrt schaut er sich um, und sein Blick trifft den eines Wachmanns, der eine grelle, gelbe Warnweste trägt. Frank geht auf ihn zu und spricht ihn an: „Entschuldigen Sie, ich muss nach Heimersdorf nach Hause. Fährt die U-Bahn nicht?" „Nein, leider nicht, es gibt technische Probleme, um die sich gekümmert werden muss. Heute fährt nichts mehr. Aber morgen sollte alles wie gewohnt fahren. Nach Heimersdorf kommen Sie mit dem Bus. Die Haltestelle ist ein paar Straßen weiter.", antwortet der Wachmann und zeigt mit seinem Finger nach rechts. Frank bedankt sich und geht los.

Frank erreicht einen kleinen Platz, der von Restaurants und Cafés umgeben ist. Vor den Restaurants sitzen Familien und Paare, die sich beim Essen miteinander unterhalten. In der Mitte des Platzes haben einige Maler ihre Staffeleien aufgebaut, malen die Umgebung oder Porträts von Menschen, die vor ihnen Platz genommen haben. Frank läuft zurückhaltend, aber interessiert über den Platz und bleibt vor einem älteren Mann stehen, der auf einem Stuhl sitzt und etwas in ein Buch zeichnet. Vor ihm steht ein anderer Stuhl, und neben sich hat er ein Schild aufgebaut, von dem Frank ablesen kann, dass man sich von ihm für 20 Euro malen lassen kann. Irgendwo fährt ein Güterzug, und das Geräusch scheint näher zu kommen. Er überlegt einen kurzen Moment und spricht dann den Maler mit stotternder Stimme an: „Hallo, ähm, ich würde mich gerne malen lassen." Der Mann blickt ihm freundlich entgegen. Die Falten auf seiner Haut sehen fast aus wie ein abstraktes Kunstwerk, und seine Augen glänzen in klarem Blau. Die Augen durchdringen Frank so sehr, dass er das Gefühl hat, seine Haut wäre aus Glas. Der Mann deutet lächelnd auf den Stuhl gegenüber von seinem, und Frank setzt sich. Der Mann hat dunkelgraue, kurze Haare und gebräunte Haut. Frank vermutet, dass er bestimmt mal über einen längeren Zeitraum am Meer gelebt hat. Seine Kleidung ist schlicht - er trägt einen dunkelblauen Fleecepullover und Jeans. „Wie heißt du denn?", fragt er Frank mit einer ruhigen, fast singenden Stimme. Er hört die lauten Motorgeräusche der Autos von der Straße. „Ich heiße Frank."

Der Mann erklärt Frank gelassen, wie er sich hinsetzen und wo er hinschauen soll. Dann legt er ein Blatt Papier zurecht, sucht sich die nötigen Stifte zusammen und beginnt, die ersten schwarzen Linien auf das weiße Blatt zu zeichnen.

Frank muss sich darauf konzentrieren, seine Position nicht zu verändern, doch der Maler bemerkt, wie angespannt Frank ist, und betont, dass er locker und entspannt sitzen soll. Frank lächelt und entspannt seine Haltung. Über den Platz fahren einige Fahrradfahrer*innen, und das gleichmäßige Geräusch ihrer rollenden Reifen beruhigt ihn.

Frank unterhält sich mit dem Mann, während dieser zeichnet, über alles Mögliche. Wie zum Beispiel Arbeit oder Reisen. Allerdings redet zu 90 % der Mann, und Frank sitzt einfach da und lässt sich von den Erzählungen des Mannes in den Bann ziehen. Frank ist zutiefst beeindruckt von der Ruhe und

Zufriedenheit, die der Mann ausstrahlt - und von dem einfachen Leben, das er führt.

Frank erfährt unter anderem, dass der Mann, namens Frederick Sterling, für längere Zeit in Großbritannien am Meer gelebt hat, was sich mit seiner vorherigen Vermutung deckt. Außerdem erfährt Frank, dass Frederick früher bei einer großen deutschen Automarke gearbeitet hat und vor drei Jahren erst wieder nach Deutschland gezogen ist.

Nach zwanzig Minuten ist Frederick mit dem Bild fertig und reicht Frank das gezeichnete Porträt. Frank betrachtet sich selbst: seine Augen, seinen Mund, seine Haare und seine Gesichtsknochen. Er ist überrascht, wie echt das Bild aussieht, und hat das Gefühl, sich selbst zum ersten Mal richtig zu sehen. Frank lächelt den Mann an und bedankt sich aufrichtig. Dann bezahlt er Frederick und verstaut das Bild vorsichtig in seiner Tasche. Frank geht weiter und blickt hoch zum Himmel, als ein einzelner Tropfen langsam seine Wange hinabläuft. Doch er sieht keine einzige Wolke.

Frank verläuft sich ein wenig auf seiner Suche nach der richtigen Bushaltestelle. Irgendwann findet er sie, muss aber noch 16 Minuten warten, weshalb er zu einem Kiosk geht, um sich dort ein Getränk zu kaufen. Zufällig entdeckt er ein paar Meter vor dem Kiosk den Klavierspieler. Für vier Minuten hält Frank an und lauscht den schönen, sanften Tönen. Er wirft lächelnd einige Münzen in den ausgelegten Hut und reibt sich über sein rechtes Auge, als er den Kiosk betritt. Mit einer Flasche Wasser in der Hand erreicht er wenige Minuten später wieder die Bushaltestelle, und nur einen Augenblick später hält der Bus vor seiner Nase an.

Während der Fahrt erinnert sich Frank an die Busfahrten morgens zur Schule. Er blickt aus dem Fenster. Anders als bei seinen Fahrten mit der U-Bahn, sieht er mehr als nur die schwarzen Wände eines Tunnels. Stattdessen schaut er auf die bunte Welt draußen, die schnell an ihm vorbeizieht. Oder zieht er schnell an der Welt vorbei?

Eine halbe Stunde später steigt er aus und muss sich zweimal im Kreis drehen, um herauszufinden, wo genau er ist. Es ist inzwischen relativ frisch, und über den Himmel wurde dunkelgraue Farbe geschüttet, die sich langsam ausbreitet.

Etwa 15 Minuten später erreicht er das Wohnungsgebäude, und kurz darauf betritt er seine Wohnung. Nachdem er seine Schuhe ausgezogen, seine Jacke aufgehängt und seine Tasche abgestellt hat, geht er in die Küche und beginnt, sich mit knurrendem Magen ein üppiges Abendessen zuzubereiten.

Frank isst mit zufriedenem Blick die erste Gabel der Reispfanne, die er sich gekocht hat.

Nachdem er aufgegessen hat, macht sich Frank Musik an, heute Popmusik, deren Lyrics nicht wirklich unter Franks Haut gehen, aber eine positive Stimmung in ihm auslösen. Währenddessen räumt er die Küche auf.

Als er fertig ist, schaut er auf die Uhr an der Wand. Mittlerweile ist es bereits 19:40 Uhr.

Mit der gleichen Musik wie beim Aufräumen der Küche schafft es Frank endlich, sein Schlafzimmer aufzuräumen und seine Kleidung sortiert in den Kleiderschrank zu legen. Zwanzig Minuten später legt er das letzte Stück Textil zurück in seinen Kleiderschrank und atmet erleichtert auf. Er lässt sich auf sein Bett fallen und blickt lächelnd an die Decke.

So verharrt er für drei Minuten, bis er wieder aufsteht und mit der gefüllten Gießkanne das Gebäude verlässt. Auf den Straßen ist recht viel los, und es ist ziemlich laut. Ihm kommt es so vor, als würden sich die Blumen fast freuen, ihn zu sehen - wie ein Hund, wenn die Familie abends wieder nach Hause zurückkehrt. Frank lässt das Wasser auf die Erde und die Pflanzen hinabregnen und setzt sich neben das Podest. Das Wasser versickert im Boden, die grünen Stängel wiegen sich im Wind, und überall krabbeln kleine Käfer herum. Frank beobachtet das ganze Geschehen für einige Minuten, wie eine Doku direkt vor seiner Nase. Schließlich steht er auf und geht mit der Gießkanne in der Hand zurück zu seiner Wohnung.

Die nächste Stunde verbringt Frank vor dem Fernseher und schaut sich die zweite Hälfte eines Fußballspiels an. Gerade spielt eine Mannschaft aus Deutschland gegen eine Mannschaft aus Spanien. Am Ende hat er das Spiel deutlich besser verstanden und sogar Gefallen daran gefunden. Er beginnt beim Gedanken an den Stadionbesuch am Samstag etwas Interesse und sogar Vorfreude zu verspüren. Bisher hatte er in erster Linie Nervosität empfunden.

Um zwanzig nach zehn geht Frank ins Badezimmer, putzt sich die Zähne, trägt die Creme auf seiner Haut auf und geht in sein Schlafzimmer. Er holt das Portrait von sich selbst aus seiner Tasche, legt es auf seinen Nachttisch, zieht sich seinen Schlafanzug an, tritt an das Fenster heran und öffnet es.

Trotz der fortgeschrittenen Zeit ist es draußen nicht stockdunkel. Der Mond scheint sehr hell von oben, unten scheinen die Straßenlaternen und Autolichter. Aus den umliegenden Gebäuden dringt aus vielen Fenstern ebenfalls noch Licht. Frank schaut noch eine Weile nach draußen, bevor er sich schließlich in sein Bett legt und die Augen schließt.

11

Der Wecker klingelt.

Frank rollt sich gähnend von der einen Seite seines Bettes zur anderen. Er streckt sich und lässt das Bett mit der Decke und den Kissen unordentlich und mit Falten zurück. Er tritt an das geöffnete Fenster heran. Eine kühle und erfrischende Brise trifft seine Haut. Er schließt seine Augen und atmet ein und aus. Der Ton seiner Atmung vermischt sich mit dem Singen des Windes und den Motorgeräuschen auf der Straße.

Er schließt das Fenster wieder. Er geht zu seinem Kleiderschrank. Am vorherigen Abend hat er in eine Schublade sämtliche Sportkleidung gelegt, die er besitzt. Frank greift nach einer schwarzen, kurzen Hose und einem roten, langärmligen Sportshirt. Die beiden Sachen sitzen deutlich besser an ihm als die Hose und das T-Shirt, die er gestern anhatte. Er geht noch kurz ins Badezimmer, wirft sich Wasser ins Gesicht und verlässt dann seine Wohnung, nachdem er seine Sportschuhe angezogen hat.

Draußen ist es zwar noch frisch, allerdings scheint bereits die Sonne durch einige weiße Wolken hindurch, und Frank kneift seine Augen kurz zusammen, bevor er seinen Blick vom Licht abwendet und sich auf der Straße umschaut. Einige Autos sind bereits unterwegs und rollen über die Straße, wie Lebensmittel im Supermarkt über das Band an der Kasse. Außerdem sind bereits einige Fußgänger*innen auf dem Weg - wohin sie auch immer unterwegs sein mögen. Frank atmet ein und beginnt dann, nach links loszulaufen.

Er merkt, wie der Wind durch seine Haare weht und sich diese auf seinem Kopf aufstellen. Seine Hose und sein T-Shirt wehen im Wind um seinen Körper herum. Seine Augen wachen wie von einem tiefen Winterschlaf auf, und die Umgebung wird klar. Es fühlt sich beinahe so an, als hätten sich seine Augen erst jetzt mit dem WLAN verbunden und könnten das Bild der Landschaft zum ersten Mal so laden, dass es nicht verschwommen angezeigt wird. Die Farben sehen viel knalliger aus als sonst, und die Blätter der Bäume haben alle unterschiedliche Grüntöne.

Frank läuft und läuft, ohne wirklich zu wissen wohin. Nach ein paar Minuten weiß er gar nicht mehr, wo er ist, aber er läuft einfach weiter. Ab und zu biegt er in eine Seitenstraße ab und läuft mit gesenktem Blick durch verwinkelte Gassen. Plötzlich beginnt er, sein Gesicht zu verziehen, als hätte er etwas viel zu Salziges gegessen. Er hält an und versucht, die Balance zu halten. Er hebt sein rechtes Bein an, zieht seinen Schuh aus und sieht einen kleinen, spitzen Stein herausfallen. Dann zieht er sich seinen Schuh wieder an und läuft ohne Schmerzen weiter.

Er läuft durch einen Park und hält inne. Frank setzt sich auf eine Bank in der Mitte des Parks und schaut sich um. In der Mitte ist ein mittelgroßer Teich, auf dem ein paar Enten in einer Reihe hintereinander her paddeln. Der Park ist umgeben von einigen hohen Bäumen. Franks Interesse gilt besonders zwei Bäumen, die etwas mehr im Zentrum des Parks stehen als die restlichen. Die zwei Bäume sind ineinander gewachsen und scheinen sich innig zu umarmen.

Frank muss durch eine Reihe von Straßen gehen, bis er schließlich ein Straßenschild findet, an dem er sich orientieren kann. Er braucht sieben Minuten, bis er wieder vor dem Wohngebäude steht.

Er öffnet die schwere Tür und hört sieben Glockenschläge aus der Ferne. Frank lächelt, läuft die Treppe hoch und betritt erschöpft seine Wohnung. Frank legt sich auf den angenehm kühlen Boden. Er genießt die völlige Ruhe und schließt seine Augen. Frank atmet schwer ein und aus. Seine Atemzüge sind das einzige Geräusch in der sonst komplett stillen Wohnung.

Etwa drei Minuten später drückt er sich vom Boden wieder hoch und geht in sein Schlafzimmer. Der Raum liegt im hellen Licht, und Frank muss seinen Kopf abwenden, als er von dem grellen Licht geblendet wird. Er nimmt sich frische Unterwäsche aus seinem Kleiderschrank und geht ins Badezimmer.

Frank blickt in den Spiegel. Sein Gesicht glänzt rötlich und feucht. Die Pickel an seiner Schläfe haben ein knalliges Rot angenommen. Von dem Pickel auf seiner Stirn ist nur noch ein kleiner roter Punkt zu sehen. Schweißperlen laufen langsam seine Stirn und Wangen hinab wie Regentropfen an einem Fenster. Einige dieser Schweißperlen haben sich auch in seinem ungleichmäßigen Oberlippenbart gesammelt. An seinen Wangen und seinem Hals sieht Frank die ersten kleinen Barthaare, die schon wieder gesprossen sind. Franks Haare kleben platt auf seiner Stirn, ohne jegliches Volumen.

Er zieht sich aus, legt seine getragenen und streng riechende Sportkleidung in den Wäschekorb und begutachtet für einige Sekunden seinen Körper im Spiegel. Dann nimmt er sich einen unbenutzten, orangenen Waschlappen, wendet sich ab und betritt die Duschkabine.

Er schaltet das Wasser an und hält seinen Arm unter den Strahl, um zu spüren, wann es warm genug ist. Als es lauwarm ist, stellt sich Frank unter den Duschkopf und lässt das sich immer noch kühl anfühlende Wasser an sich hinablaufen. Sein Körper wird durch die Erfrischung wach, und anstatt seine Augen zu schließen, wirft er sich zwei Hände voll kühlen Wassers ins Gesicht.

Er stellt sich so unter den Duschkopf, dass seine Haare vom Wasser durchnässt werden, gleitet mit seinen Händen hindurch und wischt sie aus seinem Gesicht nach hinten.

Als Frank Shampoo und Seife aus seinen Haaren und von seinem Körper gewaschen hat, steigt er triefend aus der Dusche, trocknet sich ab und zieht sich sporadisch an. Frank öffnet das Badezimmerfenster - durch die angesammelte Luftfeuchtigkeit ist der Spiegel ganz beschlagen. Er sieht darin sein schattenhaftes, verschwommenes Spiegelbild. Frank nimmt sich einen weiteren Waschlappen und reibt fest über den Spiegel, bis er sich selbst wieder klar auf der glatten Oberfläche erkennen kann.

Um 7:24 Uhr betritt Frank seine Küche und füllt sich eine Schüssel mit Müsli. Er beginnt zu essen, hört nebenbei Musik, trinkt ein Glas Wasser. Als er fertig ist, stellt er sein Geschirr in die Spülmaschine.

Frank geht in sein Schlafzimmer und beginnt, sich umzuziehen. Er zieht sich eine blaue Anzugshose an. Dazu ein weißes Hemd, dieselbe rot-gemusterte Krawatte wie gestern, und ein graues Sakko. Zusätzlich zieht er sich einen Ring und ein Armband an. Dann greift er sich seine Tasche und geht erneut ins Badezimmer, um sich die Zähne zu putzen und seine Haare zu stylen.

Mit kreisenden Bewegungen bewegt er seine Zahnbürste über seine Zähne. Er schmeckt Minze auf seiner Zunge. Kurz darauf spuckt er aus und spült seinen Mund gurgelnd mit Wasser durch. Frank verteilt eine kleine Menge Haarwachs auf seinen Handflächen und beginnt, dieses in seine Haare einzuarbeiten. Seine Haare fallen locker zur Seite, und einige Strähnen über seine Stirn nach vorne. Frank verlässt das Badezimmer und läuft zur Wohnungstür. Um 7:52 Uhr fällt diese laut ins Schloss. Das knallende Geräusch durchbricht die unheimliche Stille des Treppenhauses.

Vor dem Wohnungsgebäude steht Richard Engelbertz. Frank und er unterhalten sich kurz, doch Frank erklärt, dass er weiter muss, um seine Bahn zu erwischen. Die beiden geben sich zum Abschied die Hand und gehen in unterschiedliche Richtungen weiter.

Die Straßen sind noch einmal deutlich voller als eine Stunde zuvor. Jugendliche rennen zu Bushaltestellen, um den Bus noch zu erwischen. Autos fahren vorbei, und die Fahrer*innen blicken gestresst auf die Straße.

Frank geht los und stolpert wie schon am Tag zuvor über seine Schnürsenkel, die er sich, als er kurz vorher seine Wohnung verlassen hat, wieder nicht konzentriert genug gebunden hat. Er schnürt sie ein weiteres Mal und geht weiter.

Der gleiche Weg, wie jeden Morgen. Seine Schritte klingen wie Stimmen von Menschen, die versuchen, sich in einem lauten Club zu unterhalten. Sie werden zum größten Teil von den vorbeifahrenden Autos und Bussen übertönt.

Franks Blick schweift über die Straßen, vorbeilaufende Menschen und den Himmel, als der erste Glockenschlag der Kirche erklingt. Frank lächelt, bleibt stehen und hält inne. Die weiteren Glockenschläge folgen: Gong, Gong, Gong, Gong. Plötzlich knallt es unbeschreiblich laut. Die letzten drei Glockenschläge hört Frank nicht mehr. Er hört für einen Augenblick überhaupt gar nichts mehr. Dann öffnet er seine Augen wieder, von denen er nicht einmal wusste, dass er sie geschlossen hatte.

Mitten auf der Straße, nur wenige Meter von Frank entfernt, stehen ein großer weißer LKW und zwei Autos, die irgendwie ineinander gekracht sind. Aus den beiden Autos steigt Dampf auf, und Frank strömt sehr warme und seltsam riechende Luft entgegen. Aus den Autos steigen zwei Männer aus. Sie sehen benommen aus, beginnen aber direkt aggressiv aufeinander einzureden. Nun steigt auch der LKW-Fahrer aus und mischt sich ebenfalls ein. Frank ist wie erstarrt. Langsam fahren sich seine Sinne wieder hoch. Er sieht überall verteilt kleine, schwarze und silberne Metallteilchen herumliegen. Es ist laut, Autos halten quietschend an und hupen wild durcheinander. Es wird unverständlich umhergebrüllt und diskutiert. Frank verharrt in einer Schockstarre. Er steht einfach da, unsicher, was er tun soll.

Wenige Minuten später erreichen einige unterschiedliche Einsatzwagen, unter anderem Polizei- und Krankenwagen, den Unfallort. Die Straße wird vorerst abgesperrt, die zwei betroffenen Autofahrer und der LKW-Fahrer werden von der Polizei befragt. Frank wird als Zeuge ebenfalls kurz vernommen, allerdings kann er nichts Erhellendes erzählen, da er den eigentlichen Unfall überhaupt nicht gesehen hat.

Als Frank weiter gehen darf, zieht er sein Handy aus der Hosentasche, um nach einem neuen Weg zur U-Bahn-Station zu suchen - die Straße ist noch immer abgesperrt. Falten bilden sich auf seinem Gesicht, als er realisiert, dass er seine Bahn bereits verpasst hat. Überfordert und planlos wischt er auf seinem Handy-Display hin und her, bis er schließlich doch die App findet, um sich eine neue Route herauszusuchen.

Er geht hastig los. Seine Atmung überschlägt sich. Er hört einen lauter werdenden Zug, und die Straße wird zu einem dunklen Tunnel. Frank nimmt die Umgebung nicht mehr wahr, starrt stattdessen nur auf sein Handy und den Boden, bis er an der U-Bahn-Station ankommt.

Das unterirdische Gleis ist kühl, dunkel und fast leer, nur eine weitere Person sitzt am anderen Ende des Gleises.

Verunsichert setzt sich Frank auf eine Bank und blickt in den dunklen Tunnel, ohne ein Licht oder ein Ende erkennen zu können. Frank lässt seinen Blick von einem Ende des Gleises zum anderen pendeln. Auf der flimmernden Anzeigetafel ist zu erkennen, dass die nächste Bahn in acht Minuten kommt. Frank lehnt sich zurück, verschränkt seine Arme und grummelt genervt vor sich hin.

Es ist völlig ruhig, die Motorgeräusche der Autos von der Straße hören sich weit entfernt an. Sie klingen ähnlich wie ein Flugzeug, das am Himmel entlangfliegt.

Es beginnt zu donnern, lauter und lauter. Die Bahn, die einfährt, ist recht leer. Frank kann sich frei aussuchen, wo er sich hinsetzt. Die Stille fühlt sich surreal, als versuche sie zu schreien, ohne dabei nur einen einzigen Ton herauszubekommen.

Frank lehnt für die komplette Fahrt seinen Kopf ans Fenster. Zwischendurch schließt er kurz seine Augen und schreckt immer wieder fast panisch hoch, aus Angst, er könne eingeschlafen sein und seine Station verpassen. Dann blickt er nach draußen und sieht die verschwommene Stadt an ihm vorbeiziehen.

Als die Bahn am Mediapark hält, springt er hastig aus der Bahn und rennt los. Um zehn nach neun betritt er völlig außer Atem die Lobby. Frank merkt, wie sich einige Gesichter zu ihm umdrehen, als er gerade dabei ist, sich mit seiner Chipkarte einzuscannen. Eine schwarze Linie über dem Scan-Feld färbt sich grün, und Frank wird der Einlass gewährt. Der

Geruch von Reinigungs- und Desinfektionsmittel ist so penetrant in der großen, hellen und sterilen Halle, dass Frank noch heftiger atmen muss, um genügend Luft zu bekommen. Seine Schritte hallen laut von den Wänden wider, und er blickt sich mehrmals nervös um. Seine Augen treffen sich mit denen des Mannes an der Rezeption, der ihm mit seinem durchbohrenden Blick das Gefühl gibt, etwas falsch gemacht zu haben.

Frank steht laut atmend und vorgebeugt vor den silbernen Aufzugstüren. Als sie sich öffnen, betritt er die kleine, leere und stickige Kabine. Während der Aufzug langsam hochfährt, wippt Frank von einem Bein aufs andere und begutachtet sein Spiegelbild. Er fährt sich einmal durch die Haare. Dann noch einmal und noch ein weiteres Mal. Frank vergräbt sein Gesicht in den Händen, klatscht sich mit den Händen auf die Wangen. Dann rafft er sich wieder auf.

Die Aufzugstüren gehen wieder auf. Er kann die vielen sich hebenden Köpfe und den abfahrenden Zug nicht ignorieren, als er zu seinem Schreibtisch geht und sich auf seinen Stuhl setzt. Er stellt seine Tasche auf den Boden, lehnt sich zurück, schließt seine Augen und versucht, vor dem Geräusch des Zuges wegzulaufen. Er rennt innerlich in unterschiedliche Bilder von Orten hinein - wie unterschiedliche Fernsehkanäle, durch die man sich durchschaltet. Am Strand hört er ihn vorbeidonnern, im Haus seiner Eltern hört er ihn vorbeidonnern, in seiner Wohnung hört er ihn vorbeidonnern, in der Lobby hört er ihn vorbeidonnern. Er öffnet seine Augen und blickt schwer atmend auf den schwarzen Monitor vor seinem Gesicht. Seine Augen finden die seines bewegungslosen Spiegelbilds und hört abermals den Zug vorbeidonnern. Frank fokussiert sich auf seine Atmung, und langsam beginnt der Zug zu verstummen. Dann beugt er sich ein wenig vor und schaltet den Computer ein. Der Bildschirm wird rot. Sein Spiegelbild verschwindet, und plötzlich ist auf dem Monitor eine Berglandschaft zu sehen.

Frank loggt sich in seinen Account ein und öffnet das E-Mail-Programm.

Unmotiviert beginnt er, auf die neu eingegangenen E-Mails zu antworten und muss mehrmals seine getippten Texte überarbeiten, weil er an vielen Stellen Rechtschreibfehler macht. Außerdem muss er für einige Kund*innen Daten in ihrer Kundendatei anpassen.

Das Einzige, was man von Franks Schreibtisch hört, ist sein genervtes Schnauben und sein aggressives und unkonzentriertes Tippen auf der Tastatur.

Sein Cursor fliegt auf das kleine Kreuz in der rechten oberen Ecke seines Bildschirms zu, stoppt aber plötzlich. Frank legt seinen Kopf auf seine Handflächen, und seine Hände ballen sich zu Fäusten. Eine weitere E-Mail ist aufgeploppt. Rasch tippt Frank eine sachliche und emotionslose Antwort, schließt die Seite und blickt auf die kleine digitale Uhrzeitanzeige in der linken unteren Ecke seines Bildschirms. Frank beugt sich ungläubig vor und guckt noch einmal genauer hin. Es ist erst 9:53 Uhr - noch nicht einmal die erste Stunde seiner Schicht ist vorbei. Ihm kommt es so vor, als wären bereits mindestens zwei Stunden vergangen.

Er steht von seinem Stuhl auf, läuft planlos zwischen den unzähligen Schreibtischen herum, als wäre er auf der Suche nach etwas. Ihm fällt auf, dass er beobachtet wird. Frank dreht dem Schreibtischmeer den Rücken zu, stellt sich vor die Fensterfront und schaut nach draußen. Sein Blick scannt die lebendigen Straßen und Gebäude. Dann beschließt er, sich einen Kaffee zu holen. Langsam dreht er sich wieder um und wendet seinen Blick von draußen auf die Schreibtische, die ihm fast wie viele parallel angelegte Gräber vorkommen.

Er senkt seinen Kopf und bleibt vor der Kaffeemaschine stehen. Er durchsucht den Wandschrank nach einer Tasse. Doch der Innenraum bleibt komplett weiß, egal wie viele Tassen er beiseiteschiebt. Letztendlich findet er schließlich doch eine Tasse mit einem sehr leichten, pastellroten Muster. Frank füllt sie mit Kaffee und geht dann vorsichtig und langsam zu seinem Platz zurück.

Die Oberfläche des Kaffees kräuselt sich, als er darüber pustet, einen Schluck trinkt und die Tasse auf seinem Schreibtisch abstellt.

Langsam füllt sich die Excel-Tabelle vor ihm. Doch als er herauszoomt, erscheint der von ihm ausgefüllte Teil winzig - als wäre seine Arbeit bedeutungslos.

Frank führt diese sich sinnlos anfühlende Arbeit weiter durch. Erst als er sämtliche Daten fertig übertragen hat, fällt ihm auf, dass er sich nicht erinnern kann, was in den letzten Minuten um ihn herum passiert ist. War er überhaupt da? Franks Emotionen werden langsam wieder etwas mehr spürbar für ihn. Er bemerkt seine Müdigkeit, seine Langeweile und wie gereizt er ist.

Frank schließt gerade das E-Mail-Programm, da klingelt das Telefon. Er blickt den Hörer für vier Sekunden lang an, bis er ihn schließlich zu seinem Ohr führt. Frank sagt nichts und bleibt still. Er sitzt einfach da, wie ein Kind, das bei den Eltern von einem Freund oder einer Freundin anruft und nicht weiß, wie es die Eltern fragen soll, ob sein*e Freund*in Zeit zum Spielen hat. Auf einmal knackt es in der Leitung, und eine Männerstimme meldet sich am anderen Ende: „Hallo, mein Name ist Marc Perings, ich bin selbständiger Künstler. Ich brauche eine Transport- und Ausstellungsversicherung für meine Werke, die nach London geschickt werden." Frank macht sich bereit, die Kundendatei zu öffnen, doch hat den Namen des Kunden schon wieder vergessen. „Entschuldigen Sie bitte, aber wie war Ihr Name nochmal?" - „Marc Perings", kommt es von der anderen Seite der Leitung. Frank tippt den Namen langsam in die Suchleiste ein, doch er erhält keinen einzigen Treffer. Allerdings fällt ihm auf, dass er einen Rechtschreibfehler gemacht hat. Als er diesen korrigiert hat, findet er die richtige Kundendatei und beginnt, dem Kunden bei seinem Problem zu helfen.

Die Kundenberatung verläuft holprig. Frank ist unkonzentriert. Er muss das, was er eingibt, immer wieder korrigieren und zuvor bereits Gesagtes erneut erfragen. Komplett erschöpft legt er seinen Kopf auf seinen Schreibtisch, nachdem er das Gespräch beendet und den Hörer zurückgelegt hat. Ein lautes „Bing" lässt ihn jedoch hochschrecken. Verwirrt blickt er sich - auf der Suche nach der Quelle des Geräusches - um. Dann sieht er verblüfft auf seinem Desktop eine Benachrichtigung für ein Meeting, an dem er jetzt teilnehmen soll. Frank kann sich nicht daran erinnern, sich dieses in seinen Terminkalender eingetragen zu haben. Er setzt sich hastig gerade hin. Frank begutachtet sein Spiegelbild, streicht durch seine Haare, richtet seine Kleidung, rutscht mehrmals auf seinem Stuhl hin und her und tritt dem Meeting bei.

Für einen Moment sieht er nur die sich kaum bewegenden Porträts seiner Kolleg*innen und hört keinen Ton. Doch er muss nicht lange warten, bis die wirre Masse von Stimmen auf ihn hinabdonnert.

In den nächsten 46 Minuten fällt es ihm sehr schwer, die Augen offen zu halten und die vorgestellten Informationen aufzunehmen. Der Leiter des Meetings muss Frank dreimal aufrufen, bis dieser realisiert, dass er persönlich angesprochen wurde. Als er dann darum gebeten wird von seinen Erfahrungen mit dem neuen Computer-Tool zu berichten, stammelt Frank nur vor sich hin, ohne einen vernünftigen Satz herausbringen zu können. Der Güterzug beginnt laut ratternd loszufahren, und Franks Finger tippen auf der Oberfläche seines Schreibtisches herum, wie auf einem Klavier. Letztendlich behauptet Frank allerdings, dass er grundsätzlich gute Erfahrungen mit dem Tool gemacht habe, während ihm durch seinen Monitor viele Augen entgegenstarren und Frank sich auf seinem Stuhl zusammenkauert. Oder starren sie durch ihn hindurch?

Am Ende des Meetings ist Frank erschöpft und sitzt für die nächsten Minuten bewegungslos auf seinem Stuhl und blickt starr nach vorne. Er bewegt seine Computermaus keinen Zentimeter und tippt auch nicht auf mehr seiner Tastatur, sodass nach einer Weile der Bildschirm schwarz wird und er auf sein Spiegelbild blickt, das wiederum durch ihn hindurchschaut.

Nach einigen weiteren beantworteten E-Mails und geführten Telefonaten mit Kund*innen geht Frank gegen 12:30 Uhr in die Cafeteria.

Der Raum ist prall gefüllt, um ihn herum ist es laut, und die Luft ist schlecht. Er holt sich schnell einen gefüllten Teller ab und setzt sich an einen der Tische. Frank nickt den anderen Personen kurz zu. Für die nächsten 17 Minuten fokussiert er sich ausschließlich auf seinen Teller und wie sich dieser leert.

Als er nur noch auf weißes Porzellan blickt, nimmt er seinen Teller und trägt diesen zusammen mit seinem benutzten Besteck zu dem Wagen an der Wand. Frank macht sich auf den Weg zurück zu seinem Arbeitsplatz.

Er blickt durch den Wald von weißen Trennwänden und Schreibtischen. Durch die Fenster kommt etwas Licht - allerdings nicht sonderlich viel, da am Himmel kaum Blau zu sehen ist. Unzählige graue Wolken scheinen auf den Himmel gemalt worden zu sein.

Er schaltet seinen Computer wieder an und erblickt erneut sein Spiegelbild, bevor das Bild einer unendlich weitreichend erscheinenden Wüste erscheint.

Frank beantwortet eine E-Mail, führt zwei Kundenberatungen durch und bearbeitet eine Excel-Tabelle. Währenddessen fallen ihm erneut mehrmals die Augen zu. Sein Kopf rutscht ab, und er wacht eine Sekunde später aus seinem Sekundenschlaf wieder auf.

Wie von der Tarantel gestochen springt er von seinem Stuhl hoch. Er geht zur Kaffeemaschine, füllt seine Tasse und läuft an der Fensterfront entlang. Ein mulmiges Gefühl macht sich in ihm breit, als er durch die Fenster auf den weit entfernt erscheinenden Beton am Boden blickt. Frank macht einen Schritt von der Wand weg in den Raum hinein.

Die Straßen draußen sind relativ leer. Die vereinzelten Fußgänger*innen, die unterwegs sind, gleiten gerade und gleichmäßig über die Straße, ohne auch nur minimal nach links oder rechts zu weichen - so, als könnten sie das gar nicht und ihr Weg wäre zu einhundert Prozent vorbestimmt.

Der Weg zurück zu seinem Schreibtisch dauert lange. Seine Schritte hallen gedämpft von dem Teppichboden, einige der Angestellt*innen heben ihre Köpfe, doch niemand blickt in seine Richtung.

Das Rollen seines Schreibtischstuhls, das Absetzen seiner Tasse auf dem Tisch und das Klicken auf seiner Tastatur –

alles klingt wie Glockenschläge, welche die hungrige Stille ankratzen.

Er schaut immer wieder auf die Uhr. Die Minuten vergehen kaum. Es wirkt so, als würde jemand die Zeit aufhalten wollen. Er kontrolliert, ob seine Digitaluhr vielleicht stehen geblieben ist - doch sie läuft einwandfrei.

Er greift, die Augen auf den schwarzen Bildschirm vor seinem Gesicht gerichtet, nach einem Kugelschreiber aus einer kleinen Box rechts neben seinem Bildschirm. Plötzlich hört er ein knallendes Geräusch und erschrickt. Planlos schaut er sich suchend um und sieht, dass er seine noch halbvolle Kaffeetasse umgestoßen hat. Er holt sich schnell einen Lappen, um die braune, sich ausbreitende Flüssigkeit wegzuwischen. Doch nachdem er die Flüssigkeit aufgesogen hat, kann er trotzdem die Umrisse des Flecks erkennen, den der Kaffee hinterlassen hat. Er entsorgt den Lappen, stellt die Tasse zur Seite und nimmt sich den Kugelschreiber.

Mit müdem Blick schaltet er um 17:32 Uhr seinen Computer aus, schiebt seinen Stuhl heran, bringt seine Tasse zurück, zieht sich sein Sakko an und betritt den Aufzug, in dem im hinteren Bereich eine Frau steht, die kurz hochschaut, als Frank eintritt.

Er geht durch die kühle und schlecht riechende Lobby und betritt den grauen Bürgersteig.

Autos und Fußgänger*innen donnern laut an ihm vorbei, die er als verschwommene Waggons eines endlos langen Güterzuges wahrnimmt.

Der Weg zur U-Bahn ist bedrückend. Der Wind pfeift kalte Luft umher. Vereinzelt fallen sogar Regentropfen hinab, und je mehr Frank sich anstrengt, durch den Wind hindurchzuhören, ob von irgendwoher möglicherweise ein Klavier erklingt, desto stiller wird seine Umgebung.

Das unterirdische Gleis der U-Bahn ist voller Menschen. Die Meisten sind in ihre Handys vertieft und wischen mit ihren Fingern darauf herum.

Die Bahn fährt ein. In der Spiegelung der beschlagenen Fenster sieht er jeweils kurz sein verschwommenes Spiegelbild, das mit der restlichen Menschenmasse zu verschmelzen scheint.

Er betritt die stickige Bahn, setzt sich auf einen freien Platz, lehnt sich ans Fenster und schließt seine Augen.

Ungefähr sechsmal schreckt er hoch, schläft kurz ein, blickt panisch auf die Anzeigetafel und atmet erleichtert auf, als er realisiert, dass die Bahn Heimersdorf noch nicht erreicht hat.

„Heimersdorf", hört er die knackende Lautsprecherstimme von irgendwoher und steht von seinem Platz auf.

Das Gleis ist leer und farblos. Er verlässt die U-Bahn-Station und geht die Straße entlang in Richtung seiner Wohnung.

Er gähnt in unregelmäßigen Abständen mit gesenktem Kopf. Nur an Ampeln und Zebrastreifen hebt er diesen kurz an.

13 Minuten später betritt er seine Wohnung, zieht seine Schuhe, sein Sakko und seine Krawatte aus. Frank lockert sein Hemd, geht ins Wohnzimmer. Er atmet erschöpft aus, als er sich auf das Sofa legt und den Fernseher einschaltet.

Er schaut für eine Stunde emotionslos auf den rechteckigen Bildschirm, doch schließlich steht er auf und geht in die Küche.

Er schmiert sich schnell ein Brot und geht kurz ins Badezimmer, nachdem er aufgegessen hat. Er putzt sich die Zähne, betrachtet sein Spiegelbild und seine Augen, die dabei sind zuzufallen.

Sobald er im Schlafzimmer ist, zieht er sich seinen Schlafanzug an und tritt an das Schlafzimmerfenster heran.

Draußen ist es dabei, dunkel zu werden. Obwohl viele Lichter noch zu sehen sind, flackern diese stark, und er überlegt, ob sie dabei sind zu erlöschen oder ob sie ihr Licht gerade erst richtig entfachen.

Er wendet sich ab und legt sich in sein Bett.

Frank schließt seine Augen.

12

Der Wecker klingelt.

Er öffnet seine Augen, streckt sich und schiebt seine Decke zur Seite.

Er steht von seiner Matratze auf und geht ins Badezimmer.

Er entkleidet sich, legt seine Kleidung auf den Boden und betrachtet sein Spiegelbild.

Er trottet zur Dusche, schaltet sie an und lässt das Wasser über seinen Körper laufen.

Irgendwann schaltet er die Dusche ab, steigt aus der Duschkabine heraus und wirft sich seinen Bademantel über.

Er legt seine Kleidung in seinen Wäschekorb und geht dann in die Küche. Dort macht er sich einen Kaffee und macht sich ein Butterbrot zum Frühstück.

Er geht erneut ins Badezimmer, um sich die Zähne zu putzen. Anschließend stapft er in sein Schlafzimmer, zieht sich an, nimmt sich seine Tasche und verlässt die Wohnung.

Er folgt der Straße zur nächsten U-Bahn-Station. Aus den Augenwinkeln sieht er Autos, doch er richtet seinen Blick starr nach vorne, ohne die Umgebung zu begutachten.

Auf einmal hört er einen Gong, wie das weit entfernte Geräusch seines Weckers am Morgen. Ein weiterer Gong erklingt, und Frank wacht auf.

Sechs weitere Gongs erklingen und durchbrechen die Stille, als hätte Frank sich Ohrenstöpsel herausgezogen. Plötzlich hört er auch die Motorgeräusche der Autos, die Stimmen der Fußgänger*innen um ihn herum und seine eigene Atmung. Für einen Moment hat er das Gefühl, gerade aus einem Traum aufgewacht zu sein. Er ist völlig benebelt und kann sich an nichts erinnern, was bis vor einer Minute passiert ist. Je mehr er sich anstrengt, desto mehr sieht er vor seinem inneren Auge nur einen dichten Nebel, der die schattenhaften Umrisse einer umherhetzenden Person umhüllt. Frank schüttelt seinen Kopf und geht weiter.

Nur wenige Minuten später, immer noch etwas neben der Spur, steht er vor dem Kiosk von Vincent. „Ah, guten Morgen, Frank!", begrüßt ihn Vincent aus dem kleinen Fenster heraus. Sofort drehen Jonas, Joshua und Valentin synchron ihre Köpfe und begrüßen ihn ebenfalls, alle mit einem freundlichen Lächeln. „Guten Morgen!", grüßt Frank leise zurück. Er lächelt nervös und fast ein bisschen gezwungen. Frank stellt sich neben die drei Männer, tritt unbeholfen von einem Bein auf das andere und blickt sich um. „Entschuldigung, Frank, was bekommst du?", reißt ihn Vincents Stimme aus seinen Gedanken. „Ja klar, sorry, einen schwarzen Kaffee bitte", erwidert Frank mit stetig lauter werdender Stimme, um den vorbeifahrenden Güterzug zu übertönen. Vincent nickt, und Frank wendet sich Jonas, Valentin und Joshua zu, die alle in sportliche Outfits gekleidet sind. „Bist du gestern nicht mit der U-Bahn gefahren? Wir haben uns gewundert, warum du nicht aufgetaucht bist", fragt Jonas Frank mit neugierigem Blick. „Achso, nein, gestern war hier um die Ecke ein Autounfall, und die Polizei hat die

Straße abgesperrt, sodass ich einen anderen Weg zur Station nehmen musste", erwidert Frank. Die drei Männer reagieren mit überraschten Gesichtern auf diese Antwort. Kurz darauf erhält Frank seinen Kaffeebecher sowie weitere Informationen zu dem gemeinsamen Stadionbesuch am nächsten Tag. Er notiert sich, dass er gegen 12:30 Uhr abgeholt wird und sie gemeinsam zum Stadion fahren werden.

Zwei Minuten später, um 8:11 Uhr, verabschiedet sich Frank und geht mit schnellen Schritten weiter zur U-Bahn-Station.

Der Wind weht ihm von vorne ins Gesicht, und seine streng zur Seite gegelten Haare lockern sich auf. Seine Kleidung weht tanzend um seinen Körper herum.

Er geht durch den Eingang der Heimersdorfer U-Bahn-Station und steigt die Treppe hinab. Eine bunt zusammengestellte Duftwolke steigt Frank in die Nase, und er läuft einen Gang nach links entlang. Sein Blick ist auf die schmutzige weiß-graue Wand gerichtet und die Plakate, die daran hängen. Auf dem Boden liegen, zusammengekauert unter löchrigen und verfilzten Decken, zwei Obdachlose. Frank wirft einen bemitleidenden Blick auf die beiden, und 20 Sekunden später betritt er das kühle U-Bahn-Gleis.

Wie bei der Bühne eines Theaters oder einer Oper öffnet sich der Vorhang, und Frank begutachtet das Bühnenbild: Zahlreiche dunkel gekleidete Statisten - und dazwischen die Frau im roten Kleid. Frank lächelt und hört von irgendwoher die Töne eines Klaviers, die die Szene auf der Bühne unterlegen. Plötzlich beginnen sich die Schauspieler fast tänzerisch zu bewegen. Sie gehen auf das Ende der Bühne zu und stoppen abrupt ab. Die Klaviermusik wird leiser – oder wird das Donnern der immer näherkommenden Bahn lauter? Letztendlich stoppt die Bahn, und für einen Moment hört Frank noch einmal die Musik, bevor sich die Türen hinter ihm zischend schließen.

Das Bühnenbild hat sich verändert. Die Bühne ist deutlich schmaler, und Frank scheint auf einmal selbst einer der Schauspieler*innen zu sein - oder ist er bloß ein charakterloser Statist? Am Ende des Wagens sieht er die Frau, die seitlich zu ihm gedreht steht und in ihr Buch vertieft ist.

Frank schaut sich ein letztes Mal um, und die Zeit vergeht auf einmal langsamer, viel langsamer. Er dreht seinen Kopf. Dunkle, zusammengepresste Körper - wie eine undurchlässige Wand, die neutral ins Nichts blickt. Doch dann scheint ihm ein roter Sonnenaufgang oder Sonnenuntergang durch eine Lücke in der Wand entgegen. Die Szene endet, der Vorhang schließt sich, und die Zeit vergeht wieder in normalem Tempo, als Frank die Bahn verlässt und das Gleis betritt.

Auf dem Weg von der U-Bahn-Station zu seiner Arbeitsstelle laufen ihm immer wieder Kinder laut lachend vor die Füße, und Statist*innen aus dem Theaterstück, das er zuvor gesehen hat, drängen sich gestresst und fast schon aggressiv an ihm vorbei. Währenddessen schlendert Frank entspannt an grünen Parks und belebten Läden entlang.

Das große, graue Gebäude der „SicherPro VersicherungsAG"
wirkt wie eine riesige Yacht in einem Hafen, umgeben von
kleinen Fischkuttern.

Frank geht durch das Drehtor hindurch und betritt mit zwei
weiteren Angestellt*innen die weitreichende, sterile Lobby.
Schritte und gedämpfte Stimmen von anderen
Mitarbeiter*innen hallen von den Wänden, wie die Geräusche
von Insekten auf einem Feld.

Frank durchquert die Lobby, und die Köpfe seiner
Kolleg*innen heben sich nacheinander an wie eine Welle.
Schließlich steht er mit dem Rücken zur Lobby vor den
Aufzugstüren und drückt auf den viereckigen Knopf mit
einem nach oben gerichteten Dreieck darauf, rechts neben der
Tür. Er kratzt sich am Hals, wippt von links nach rechts und
fährt sich durch die Haare, während er auf den Aufzug wartet.
Die Aufzugtüren öffnen sich - ähnlich wie der Vorhang am
Bahngleis - und Frank betritt die Kabine gemeinsam mit drei
ihm unbekannten Angestellt*innen, die sich wie eine Mauer
vor ihm aufstellen. Die Türen schließen sich, und Frank lehnt
sich an die Wand hinter ihm. Er schaut auf die spiegelnden
Wände und bewundert das unendlich weit reichende
Bühnenbild, bis der Aufzug auf der zweiten Etage zum Stehen
kommt. Der graue Vorhang geht zu den Seiten hin auf und
Frank steht vor dem ihm bekannten Bühnenbild mit den
zahlreichen Tischen und Trennwänden.

Frank seufzt leise, geht zu seinem Schreibtisch und setzt sich
auf seinen Schreibtischstuhl, nachdem er sein Sakko
ausgezogen und es über die Lehne seines Stuhls gehängt hat.

Während er seinen Computer anschaltet und sich in seine Rolle des Versicherungsvertreters begibt, treffen mehr und mehr weitere Statist*innen ein, die sich jeweils an einen der Schreibtische setzen - und überall werden die Bildschirme rot. Frank wendet seinen Blick wieder auf seinen Bildschirm, loggt sich ein und beginnt damit, E-Mails zu beantworten.

Für die nächsten dreieinhalb Stunden bleibt Frank in seiner Rolle, führt Telefonate, nimmt an einem Meeting teil, beantwortet E-Mails und trägt Daten in eine Excel-Tabelle ein. Frank fühlt sich so, als würde er einer geklonten Kopie von sich selbst dabei zuschauen, wie sie auf der Tastatur herumtippt, den Telefonhörer abnimmt und zurücklegt oder knapp die Fragen des Meeting-Leiters beantwortet. Es fühlt sich fast so an, als würde er einen Film schauen.

Als er den Monitor zwischendurch ausschaltet, um sich einen Kaffee zu holen, und er für einen kurzen Moment auf die schwarze Fläche vor seinem Gesicht und sein darauf zu sehendes Spiegelbild blickt, entdeckt er keinen einzigen zuckenden Muskel, obwohl er seine Mundwinkel hochzieht. Die Lampen an der Decke der Etage flackern. Das Licht ist kühl und verteilt keinerlei Wärme im Raum, während das Sonnenlicht draußen leuchtend auf die Autos und Häuser fällt, wie eine warme Decke.

Um Viertel vor eins steht Frank von seinem Stuhl auf, fährt seinen Computer herunter, betritt den Aufzug, fährt eine Etage tiefer und betritt eine neue Bühne: die übertrieben intensiv riechende Cafeteria. Frank nimmt von der Frau hinter der Theke einen Teller mit Kartoffelgratin entgegen und blickt prüfend durch die Tischreihen, auf der Suche nach einem Sitzplatz. Schließlich entdeckt er Manuel Madelung, der ihn ebenfalls sieht, als er sich dem Tisch nähert.

„Hi Frank, setz dich doch!", begrüßt er Frank, der sich bedankt und hinsetzt, nachdem ihm Platz gemacht wurde. In den folgenden 18 Minuten beteiligt sich Frank gelegentlich an dem Gespräch zwischen Manuel und zwei anderen Kollegen. Als beide ihre Teller geleert haben, stehen sie auf, stellen ihr Geschirr auf dem Wagen an der Wand ab und gehen zusammen zum Aufzug.

Zusammen mit ihnen steigen viele ihrer Kolleg*innen in die Kabine ein. Sie stehen zusammengepresst aneinander. Zu seiner Erleichterung kann Frank schon wenige Sekunden später die stickige Kabine verlassen, als diese auf der zweiten Etage hält. Er verabschiedet sich lächelnd von Manuel und steuert seinen Schreibtisch wieder an.

Er atmet durch, wie vor einem Fallschirmsprung aus dem Flugzeug, und fährt seinen Computer hoch. Wenig später vermischt sich das ungleichmäßig lauter und leiser werdende Geräusch eines Güterzuges mit dem Tippen seiner Tastatur und sämtlicher anderer Tastaturen um ihn herum. Er und alle anderen Mitarbeiter*innen auf der Etage nehmen wieder die gleiche Statistenrolle wie am Vormittag ein.

Der zweite Akt des Theaterstücks verläuft für Frank genauso wie der erste. Er beantwortet E-Mails, führt Telefonate mit Kund*innen, die alle mit ähnlichen und sich wiederholenden Anliegen anrufen und füllt Excel-Tabellen aus.

Pünktlich nach Ende des Stücks fährt Frank seinen Computer herunter und steht von seinem Stuhl auf. Er zieht sich sein Sakko wieder an, schiebt den Stuhl an den Tisch, nimmt seine Tasche, stellt die rot gemusterte Kaffeetasse in die Spülmaschine, betritt den Aufzug und wendet sich von den Aufzugstüren ab, nachdem sich diese geschlossen haben und hinab ins Erdgeschoss fahren.

Beinahe joggend läuft er durch die Lobby nach draußen und betritt die laute, belebte Straße. Frank dreht sich für einen kurzen Moment zu dem riesigen, grauen Gebäude um. Seine Augen wandern kurz daran hoch, bevor er losgeht und beginnt, seinen Kopf neugierig und aufgeregt hin und her zu drehen, als würde er zum allerersten Mal über diese Straße laufen.

Ein üppig bepflanzter Park, in dem viele Familien zusammensitzen, picknicken und spielen; ein Fußballplatz, auf dem Kinder fröhlich und wild einem weißen Ball hinterherjagen; eine Gruppe von Jugendlichen, die draußen vor einem Café sitzen und ausgelassen lachen. Frank läuft an einigen Restaurants vorbei, aus denen würzige Duftwolken wehen.

Als er nur noch wenige Straßen von der U-Bahn-Station entfernt ist, hört er Musik, und sobald er weiter nach rechts abbiegt, trennen ihn nur 15 Meter von dem Klavierspieler. Frank lächelt und bleibt kurz vor ihm stehen, direkt neben einer kleinen Gruppe von Fußgänger*innen. Durch die kraftvollen und dennoch gefühlvollen und leichten Töne kann Frank sich in den nächsten elf Minuten innerlich fallen lassen.

Der Lokführer des Güterzugs macht sich auf den Weg nach Hause.

Letztendlich wirft Frank ein paar Münzen in einen alten, aufgestellten Hut, erwidert das freundliche Lächeln des Klavierspielers und geht weiter.

Die Flecken an den Wänden der U-Bahn-Station sehen für Frank aus wie exotische Pflanzen oder Inseln auf einem weiten Ozean. Der Geruch von Zigaretten und Bier sticht deutlich weniger intensiv als sonst in Franks Nase, und er muss am Gleis nur kurz warten, bis die Bahn einfährt.

Draußen ist es noch recht hell, und für Großteile der Fahrt zurück nach Heimersdorf schaut Frank aus dem Fenster, mit demselben Blick als würde ein kleines Kind ein Puppenhaus in einem Spielzeuggeschäft bewundern. In so gut wie allen Fenstern brennt Licht, Menschen sitzen zusammen auf ihren Balkonen und essen zu Abend. Vor Restaurants ist fast jeder Tisch besetzt. Unzählige Straßenmusiker, deren Musik er ganz leise durch das Rattern der Bahn und das Dröhnen der Autos hört, sind über die verwinkelten Straßen der Stadt verteilt. Paare jeglichen Alters gehen Hand in Hand und die Augen einander zugewandt, sitzen zusammen auf Bänken und erscheinen weit entfernt und klein durch die Scheibe der Bahn hindurch.

In der Bahn selbst ist es relativ laut. Menschen unterhalten sich miteinander in unterschiedlichen Sprachen und hören bei voller Lautstärke Musik über ihre Kopfhörer. Irgendwo hinter

Frank schaut jemand ohne Kopfhörer ein Video auf seinem Handy.

Manche U-Bahn-Stationen liegen oberirdisch, die meisten jedoch unterirdisch. Jedes Mal, wenn die Bahn in das Dunkel unter der Erde abtaucht, senkt Frank seinen Kopf, bis die Bahn am Gleis anhält.

Als die Bahn vor der Heimersdorfer U-Bahn-Station in den Untergrund fährt, steht Frank auf und versucht nicht aufzublicken. Der Zusammenstoß mit einem anderen Mann zwingt ihn schließlich doch den Kopf zu heben. In den Fenstern sieht er nur sein Spiegelbild auf schwarzem Grund - wie ein ohne Farben gemaltes Porträt. Allerdings löst sich dieses in Luft auf, als die Bahn in das Gleis einfährt und Frank durch das Fenster die gefliese Wand und die Plastikbänke sieht.

Frank steigt aus, blickt sich zweimal um und geht auf die Treppe nach oben zu. Dabei blickt er kurz in den endlos erscheinenden U-Bahn-Tunnel, wendet seinen Kopf jedoch direkt wieder ab.

Hungrig geht er den Gang entlang und sieht an den gleichen Stellen wie schon am Morgen die zwei selben obdachlosen Menschen zusammengekauert liegen. Frank kramt schnell aus seinem Geldbeutel ein paar Münzen heraus. Dabei fallen ihm zwei laut klirrend auf den Boden. Dieses Geräusch hallt laut von den Wänden wider, und Frank blickt sich hektisch um. Er hebt die Münzen wieder auf und legt sie jeweils in einen Becher vor die zwei schlafenden Gestalten.

Draußen beginnt es langsam zu dämmern, und das Licht des Mondes ist bereits am Himmel zu erkennen.

Während er auf dem Weg zu seiner Wohnung ist, beginnen sich am Himmel bunte, pastellfarbene Pinselstriche zu formen, die die Sonne umgeben. Ihre Strahlen sind immer noch warm, aber weniger kräftig als am Mittag und etwas müde.

In seiner Wohnung angekommen, stellt er nur kurz seine Tasche ab. Er kontrolliert, ob er seinen Geldbeutel eingesteckt hat, und nur wenige Sekunden später fällt die Tür hinter ihm ins Schloss. Frank schließt ab und verlässt das Wohnungsgebäude.

Er schlendert unter hellen Straßenlaternen entlang, während Autos und Motorräder laut an ihm vorbeisausen, bis er eine Straße mit vielen kleinen Restaurants und Imbissbuden erreicht. Langsam geht er die Straße entlang und wirft interessierte Blicke in jeden einzelnen Laden hinein. Von überallher kommt Musik, überall stehen kleine Menschengruppen, und eine warme Brise weht durch die Straße, wodurch Fahnen, die an den Fassaden einiger Restaurants angebracht sind, im Wind tanzen.

Schließlich entscheidet Frank sich, ein gemütlich aussehendes griechisches Restaurant zu betreten. Der Geruch von Knoblauch und frischem Brot liegt in der Luft, und hinter der Theke steht ein mittelalter, bärtiger und charismatischer Mann, der ihn mit tiefer Stimme begrüßt und fragt, was er gerne essen möchte. Frank überlegt kurz, überfliegt die große

Tafel vor sich, auf der sämtliche Gerichte aufgelistet sind. „Was können Sie denn empfehlen? Ich habe noch nie in meinem Leben griechisch gegessen", fragt Frank den Mann zögerlich. Der Mann blickt Frank ungläubig an und sagt: „Noch nie? Dann wird es aber Zeit. Ich würde Ihnen Souvlaki empfehlen - Fleischspieße, Fladenbrot, Zaziki, Tomaten und Zwiebeln." - „Ja, das klingt gut. Das nehme ich", antwortet Frank nickend und setzt sich an einen Tisch.

Während er wartet, setzt er sich auf einen der Stühle und blickt sich in dem Laden genauer um. Der Innenraum ist mit rustikalem Holz verkleidet, und an den Wänden hängen viele vergilbte, schwarz-weiße Familienbilder - wie Frank vermutet. Außerdem kunstvoll handbemalte Teller. An der Decke hängen viele kleine Lampen, deren Licht warm und leicht gedimmt auf die Tische scheint. Die Tische sind aus dunklem Holz mit rot-weiß karierten Tischdecken darauf. An einem der Tische weiter hinten im Raum sitzen vier alte Männer, die Karten spielen, und aus einer Musikbox kommt klassische Musik. Er blickt aus dem Fenster und sieht mehrere Tontöpfe mit Kräutern darin.

Nachdem er 12 Minuten gewartet hat, erhält er von einem jungen Kellner einen Teller mit Essen. Zögerlich nimmt er den ersten Bissen und ist sofort von dem Geschmack des Fleisches überwältigt. Es dauert nicht lange, bis er aufgegessen hat, und er schaut auf seinen leeren Teller, als würde er hoffen, dass darauf wie von Zauberhand eine zweite Portion erscheinen würde.

Kurz darauf fragt er nach der Rechnung, bezahlt mit großzügigem Trinkgeld, bedankt sich für das großartige Essen und verlässt das Restaurant.

Es ist mittlerweile 19:20 Uhr, und Frank läuft noch für die nächste Stunde entspannt durch die umliegenden Straßen und Häuserblöcke, die normalerweise zu dieser Zeit beginnen, dunkler und ruhiger zu werden. Doch als wäre es Morgen, scheint die Stadt ein zweites Mal an diesem Tag aufzuwachen. Ihm kommen etliche Gruppen entgegen, die alle in Richtung der U-Bahn-Station zu gehen scheinen. Frank überlegt, wo all diese Leute um diese Zeit noch hinwollen, und setzt sich auf eine Bank in einem kleinen Park mit einem winzigen Teich. Er wirft ein paar kleine Hölzer in den Teich, sieht ihnen zu, wie sie über das Wasser tuckern. Er baut aus ein paar Steinen einen kleinen Turm. Währenddessen lässt er den Tag Revue passieren. Irgendwann steht er wieder auf und schaut ein letztes Mal auf die kleinen Schiffe und den Steinturm.

In seiner Wohnung zieht er sich schnell ein bequemeres Outfit an und geht ins Wohnzimmer. Die Luft in dem Raum ist stickig, weshalb Frank das Fenster öffnet. Er knipst außerdem beide Lampen an, setzt sich auf das Sofa und schaltet den Fernseher ein. Gerade beginnt die Übertragung eines Fußballspiels. Er stellt den Ton etwas lauter ein und lehnt sich auf den weichen Kissen zurück, die sich wie Wolken anfühlen, wenn er an zum Vergleich seinen Stuhl auf der Arbeit denkt.

Während die grün beziehungsweise weiß gekleideten Spieler, dem Ball hinterherrennen - wie die Kinder auf dem Platz in der Nähe seiner Arbeitsstelle - erklingt die Stimme des Moderators. Er kommentiert zwar einerseits das Spielgeschehen, scheint andererseits aber mehr daran interessiert zu sein, Wortwitze zu machen. Als 45 Minuten gespielt sind, gibt es eine Pause, und alle Spieler verlassen das Spielfeld. Auf einmal schreckt Frank hoch und rennt in die Küche.

Er sucht und findet die Gießkanne, befüllt sie mit Wasser und rennt aus seiner Wohnung. Er muss allerdings noch einmal zurücklaufen, weil er vergessen hat, seine Wohnungstür abzuschließen.

Frank beschleunigt immer wieder seine Schritte, nur um dann wieder langsamer zu werden, um das Wasser nicht überschwappen zu lassen. Nach ein paar Minuten kommt er schließlich an dem bepflanzten Podest an. Die Blumen sehen schlapper aus, nachdem er am vorherigen Tag vergessen hatte sie zu gießen. Ihre Blüten sind dabei, ihre Köpfe zu senken und einzuschlafen. Die Erde sieht sehr ausgetrocknet aus. Doch nachdem Frank anfängt, die Erde und Blumen zu wässern, verändert sich das Bild. Die Blumen scheinen allmählich aufzublicken, wenn auch nur minimal. Auch die Erde sieht wieder kraftvoller aus. Frank setzt sich für einen kurzen Moment daneben auf den Boden und beobachtet, wie verschiedene kleine Tierchen über das Podest huschen.

Frank steht wieder auf, lächelt kurz und beginnt, in gemächlichem Tempo zurück nach Hause zu laufen.

Die zweite Halbzeit des Spiels läuft schon seit einigen
Minuten, als Frank sich wieder in seinem Wohnzimmer vor
den Fernseher setzt und diesen einschaltet. Mittlerweile führt
die Mannschaft aus Bremen in Grün mit eins zu null.
Zwischendurch holt sich Frank aus seiner Küche eine Tüte
Chips. Als er sie öffnet, riecht er den intensiven Paprika-
Geruch. Frank fällt vor allem ein sehr jung aussehender und
recht kleiner Spieler auf, der über den grünen Rasen allen
anderen Spielern davonrennt.

Das Ende des Spiels wird es richtig spannend, und Frank
beugt sich ein wenig nach vorne.

Als das Spiel durch einen hohen Pfiff beendet wird, schaltet
Frank beeindruckt den Fernseher aus und verlässt das
Wohnzimmer wieder. Er betritt sein Badezimmer. Frank
macht über sein Handy eine Indie-Pop-Playlist an und legt
sein Handy in das Regal neben seinem Waschbecken.
Draußen ist es mittlerweile dunkel geworden, und er sieht in
dem Fenster sein schattenhaftes Spiegelbild. Dann dreht er
sich dem Spiegel zu und mustert sein Spiegelbild. Seine Haare
fallen locker nach vorne über seine Stirn und nicht so streng
und steif zur Seite wie am Morgen. Auf der linken Seite seiner
Stirn ist ein neuer, kleiner Pickel erschienen, und auf seiner
unteren Gesichtshälfte sind frische, sehr kurze Bartstoppeln zu
sehen. Frank überlegt kurz, doch er lässt seinen löchrigen Bart
stehen und beginnt, sich die Zähne zu putzen.

Er spuckt den nach Minze riechenden Zahnpastaschaum aus.
Frank macht das Waschbecken sauber, wäscht sein Gesicht
mit einem Waschlappen und trägt ein wenig seiner Hautcreme

auf seine Haut auf. Dann schaltet er die Musik auf seinem Handy aus und verlässt das Badezimmer.

Während er durch den Flur geht, der das Badezimmer vom Schlafzimmer trennt, stellt er sich auf seinem Handy einen Wecker für den nächsten Morgen.

In seinem Schlafzimmer zieht er sich schnell seinen Schlafanzug über und legt sein Handy, den Ring und das Armband auf den Nachttisch neben seinem Bett, bevor er an sein Schlafzimmerfenster herantritt.

Der Mond und die unzähligen Sterne erhellen den tief dunklen Nachthimmel. Auf den dunklen Straßen brennt ebenfalls überall noch Licht, als hätte man den Himmel gespiegelt. Frank öffnet das Fenster und hört Menschen in der Ferne lachen und reden. Er sieht sie zusammen vor Restaurants sitzen und durch schmale Gassen laufen. Frank schaut sich für eine Weile noch um, bis er das Fenster auf Kipp stellt und sich schließlich ein wenig betrübt in sein Bett legt, die Decke hochzieht und seine Augen schließt.

13

Der Wecker klingelt.

Die Glocken der Kirche läuten laut aus der Ferne.

Frank tippt verschlafen und mit noch halb geschlossenen Augen auf seinem Handy herum, bis er es schafft, den Wecker wieder auszuschalten.

Durch das gekippte Fenster weht frische Luft und hoher Vogelgesang ins Zimmer. Frank zieht sich die Decke bis zu seinem Kinn hoch. Er drückt sich fest in seine Matratze hinein und rollt sich von einer Seite zur anderen. Frank gähnt ausgiebig, wirft die Decke von sich, sodass sie zur Hälfte vom Bett fällt und streckt sich so, als würde er im Fitnessstudio schwere Gewichte stemmen. Schließlich setzt er sich auf.

Die Sonne steht bereits sichtbar am Himmel, und Franks Bett liegt wie eine Insel in einem Meer aus purem Licht. Frank blickt auf seinen Nachttisch und greift nach seinem Handy. Es ist 8:03 Uhr. Frank entsperrt sein Handy. Er hat eine neue Nachricht von Jonas erhalten, der ihn an die Abfahrt um 12:30 Uhr erinnert. Frank antwortet schnell und rückt bis an die Kante seines Bettes heran. Sein Blick wandert über die leeren Wände seines Zimmers, das Fenster, durch das er hinaus auf die Fassaden der Stadt blickt, und seinen Spiegel, in dem er sich selbst auf dem Bett hocken sieht.

Mit einem Ruck springt Frank vom Bett hoch und steht für einen Moment unentschlossen in der Mitte des Raums. Dann geht er zu seinem Kleiderschrank, sucht sich ein hellblaues

Sportshirt und eine rote Sporthose heraus und zieht sich schnell um. Er stellt sich für vier Sekunden nah vor den Spiegel, zupft seine Klamotten zurecht und geht ins Badezimmer.

Das Licht, das von den weißen Fliesen an den Wänden und dem Boden reflektiert wird, blendet ihn. Frank schließt reflexartig seine Augen. Wenige Sekunden später öffnet er sie allerdings langsam wieder. Es dauert einen Moment, bis er sich an das helle Licht gewöhnt hat. Noch ein wenig verschlafen tritt er an das Waschbecken und den Spiegel heran. Nach der letzten Nacht stehen seine Haare struppig von seinem Kopf ab. Frank hält seinen Kopf unter den Wasserhahn und fährt mit seinen Händen durch seine Haare, bis sie wieder gesund aussehen und locker nach vorne fallen. Er wirft sich noch zwei Hände voll Wasser ins Gesicht, verreibt es auf seiner Haut und verlässt den hell leuchtenden Raum.

Er geht durch den Flur, schlüpft in seine Sportschuhe und öffnet die Wohnungstür. Gerade will er die Tür hinter sich schließen, da fällt ihm ein, dass er seinen Schlüssel mitnehmen muss. Er lässt die Tür offenstehen, geht zu einem Regal neben der Garderobe und kramt aus einer kleinen Porzellanschale klimpernd seinen Wohnungsschlüssel heraus.

Mit dem Schlüssel in der Hand geht er erneut zur Wohnungstür, schließt ab und dreht sich zum Treppenhaus um.

„Guten Morgen, Frank!" Frank zuckt ein wenig zusammen, als die Stimme von Richard Engelbertz hallend durch das Treppenhaus klingt, bevor er ihn überhaupt sehen kann. Frank blickt nach oben, und seine Augen folgen der Wendeltreppe. Frank kann aus seiner Position die Decke des Gebäudes und das Ende der Treppe nicht erkennen, weshalb das Treppenhaus wie ein endloser, dunkler, nach oben gegen den Himmel gerichteter Gang erscheint.

Richard Engelbertz reicht Frank seine Hand, die er ergreift, während er seinem Gegenüber in die Augen schaut. Die beiden gehen nebeneinander die Treppe hinab. „Gehst du jetzt Sport machen?", fragt Richard. „Ja, ich gehe seit dieser Woche morgens laufen. Hilft mir, wach zu werden", entgegnet Frank mit einem Lächeln. Richard nickt und erwidert Franks Lächeln. „Versteh' ich sehr gut. Ich gehe selbst regelmäßig laufen, aber meistens am Abend. Morgens schaffe ich es zeitlich so gut wie nie." In Franks Kopf beginnt auf einmal ein Tauzieh-Kampf, und er überlegt, ob er die nächste Frage wirklich stellen sollte. Doch dann schubst er das eine Team von hinten an und fragt: „Ich hätte morgen Abend Zeit, wenn du Lust hättest, eine Runde zusammen zu laufen. Allerdings ist meine Kondition noch nicht allzu gut." Richard grinst und antwortet: „Klar, können wir gerne machen. Passt dir 19:30 Uhr?" Frank ist einverstanden, die Zeit passt ihm gut.

Vor dem Haus verabschieden sie sich voneinander, und Frank beginnt, nach links loszulaufen. Es ist bereits ziemlich warm, und eine angenehme Brise weht von hinten durch Franks Haare, über seine Haut und gibt ihm Rückenwind. Frank läuft sehr langsam, um sich darauf zu konzentrieren, gleichmäßig zu laufen und zu atmen, was ihm beides gut gelingt. Außer ihm sind bereits einige weitere Jogger unterwegs, aber auch Familien, die mit ihren Kindern und großen, bepackten Taschen auf dem Weg zu einem Ausflug zu sein scheinen. Auf der Straße fahren einige Autos an ihm vorbei, mit offenen Fenstern, aus denen Musik herausdringt.

Die Strahlen der Sonne scheinen am Himmel die Wolken zu verdrängen und zur Seite zu schieben, sodass sich das klare Blau wie das Meer bei Flut ausbreitet.

Franks Schritte werden schneller und lauter, wodurch Frank die Motorgeräusche der Autos und die Stimmen der Fußgänger*innen nur leise wie Hintergrundmusik hört. Während er Slalom um die Statist*innen in seinem Theaterstück läuft, lacht er und erhöht sein Tempo noch mehr.

Seine Lunge fühlt sich schier endlos an, denn seine Luftkapazität scheint nicht weniger zu werden, und seine Füße federn vom Boden ab wie von einem Trampolin. Frank hält an, als für einen kurzen Moment ein Bild in seinem Kopf erscheint, wie ein schnell vorbeifliegender Pfeilschuss. Auf dem Bild sieht er sich selbst als Kind allein auf einem Trampolin herumspringen. Ein Mann und eine Frau, die nur als Schatten zu erkennen sind, sitzen auf Stühlen davor, doch sie haben dem Trampolin den Rücken zugedreht.

Frank beugt sich vor auf seine Knie und atmet zweimal tief durch, dann schüttelt er seinen Kopf und läuft weiter. In diesem Moment kehren auch Klänge der Umgebung zurück, die verstummt waren, ohne dass er es bemerkt hatte.

Frank biegt in eine enge Seitenstraße. Die Häuserfassaden sind dunkel und schmutzig, doch das Sonnenlicht erhellt den Boden und weist Frank den Weg durch die Gasse hindurch. Frank läuft auf seiner Runde durch die umherliegenden Häuserblöcke und viele Gassen dieser Art - unter anderem auch durch die Gasse mit der bemalten Fassade, die er einige Tage zuvor bereits betrachtet hatte.

Seine Schritte stoppen, während er an dem Bild vorbeiläuft, und er geht näher heran. Ihm fällt auf, dass die Farbe an den Rändern abblättert und blasser ist als im Zentrum des Bildes, wo die Person steht. Er streicht über die raue, feuchte Hauswand, bis er seinen Kopf schließlich wieder abwendet und weiterläuft.

Wenige Meter entfernt von der Tür des Wohngebäudes werden seine Schritte langsamer, und Frank macht ein nachdenkliches Gesicht. Dann ändert er abrupt die Richtung, in die er läuft. Als würde er zur U-Bahn-Station laufen, um zur Arbeit zu fahren, folgt er der Straße. Seine Schritte werden wieder schneller, schneller, schneller und schneller. Wie laute, schnelle und motivierte Schläge auf einen Boxsack klingen seine Schritte auf dem grauen, harten Beton. Frank sprintet mittlerweile parallel zu den Autos auf der Straße, bis er schließlich den Kiosk am Ende der Straße sieht und sein Tempo wieder reguliert.

Vor dem Kiosk steht nur eine Frank unbekannte junge Frau. Frank ist überrascht, dass Jonas, Joshua und Valentin nicht zu sehen sind. Frank bleibt etwa einen Meter vor dem Fenster des Kiosks stehen und begrüßt die Frau mit einem freundlichen Kopfnicken, das sie erwidert. Vincents Gesicht erscheint in dem Kioskfenster und begrüßt Frank herzlich: „Guten Morgen, Frank, schön dich zu sehen! Was bekommst du?" - „Guten Morgen. Für mich bitte einen Latte Macchiato", antwortet Frank und dreht sich einmal um sich selbst.

Eine Schweißperle läuft über seine Stirn und bleibt in seinen Wimpern hängen. Frank wischt sich mit dem Ärmel seines Shirts über Stirn und Augen. Das blubbernde Geräusch der Kaffeemaschine vermischt sich mit den vorbeifahrenden Autos, in denen die für den Tag gebuchten Statisten sitzen und starr auf die Straße blicken, sowie den verschiedenen Stimmen um ihn herum, die wie Adlips in einem Song klingen.

„Hallo, Julia Kappes, mit wem spreche ich?" Frank dreht kurz seinen Kopf und sieht die junge Frau mit ihrem Handy am Ohr. „Er redet über alles sehr sachlich und rational, als wäre es eine mathematische Formel, sogar über den Tod seiner Mutter." Bei dem letzten Satz wird die Stimme der Frau sehr leise. Frank blickt in das Kioskfenster. Vincent ist gerade dabei, den Deckel auf seinen Kaffeebecher zu stecken. „Keine Regung. Kein Zucken - als hätte ich eine Puppe vor mir sitzen, und seine Stimme hat sich auch kein bisschen verändert. Ich habe ihn gefragt, ob er manchmal allein weint. Er hat erwidert, dass er dafür nicht genug Zeit hat." - „Frank, hier dein Kaffee!", reißt ihn Vincents Stimme aus seinen Gedanken. Er nimmt den heißen Becher entgegen, reicht Vincent einen Fünf-Euro-Schein, steckt sein Wechselgeld ein und dreht sich um. „Ich meine, man hat doch eigentlich immer Zeit zu fühlen. Wenn man es nicht tut, werden die Emotionen sich den Raum irgendwann selbst nehmen - und zwar zur falschen Zeit." Die letzten Worte der Frau, die Frank hört, lassen ihn kurz erzittern, doch der erste Schluck seines Kaffees wärmt ihn wieder auf, und Frank lässt seinen Blick über die tanzenden Äste der Bäume gleiten, während er entlang der wild besprühten Häuserfassaden schlendert.

Frank schließt seine Wohnung auf und geht laut atmend in sein Schlafzimmer, während seine Wohnungstür hinter ihm hörbar ins Schloss fällt.

Das Licht der Sonne, das durch das Fenster von draußen in den Raum hineinscheint, spiegelt sich tanzend auf der glatten Oberfläche des Spiegels - wie viele Tänzer*innen auf einer großen Bühne. Frank setzt sich auf sein Bett und beobachtet das Lichtspiel für eine Weile lächelnd, bis er wieder aufsteht. Er nimmt sein Handy vom Nachttisch und steckt es in seine Hosentasche. Kurz darauf öffnet er die Türen seines Kleiderschranks. Frank zieht eine Schublade knarzend heraus, sucht sich frische Unterwäsche heraus und schiebt die Schublade wieder zurück. Dann schließt er die Türen seines Kleiderschranks und verlässt sein Schlafzimmer.

In den kleinen Flur zwischen Schlafzimmer und Badezimmer tritt von nirgendwoher Licht hinein. Frank geht mit langsamen Schritten und geduckter Haltung auf den schwarzen Vorhang am Ende des Flures zu. Wie in Zeitlupe hebt er seinen Arm, zieht den Vorhang schnell zur Seite. Frank muss seine Augen zusammenkneifen, als ihn eine Welle aus grellem Licht trifft. Vor seinen Augen flackert es, und es dauert fünf Sekunden, bis das Bild wieder klar ist. Er schaut kurz aus dem Fenster auf die Straße hinaus, zieht den Vorhang wieder zu, dreht sich um und betritt die kühlen Fliesen seines Badezimmers.

Langsam dreht er sich zum Spiegel. Seine Haare liegen platt und nass an seinem Kopf, doch zwei Strähnen stehen wie Antennen gerade von seinem Kopf ab. Seine Haut ist gerötet, und die, wenn auch kleinen, Pickel auf seiner Haut stechen knallig rot hervor. Die kurzen Barthaare an seinem Kinn und seinen Wangen stehen zwischen den Schweißperlen, die sich auf seiner Haut geformt haben - wie Bäume bei einem Hochwasser.

Während Frank sich auszieht, blickt er immer wieder hoch zum Spiegel, bis er schließlich vollkommen nackt davorsteht, mit seinen Armen vor der Brust verschränkt. Er macht einen Schritt nach vorne und begutachtet sich selbst wie Wissenschaftler ein neu entdecktes Forschungsobjekt. Er streicht vorsichtig über seine Haut und schaut tief in die Augen seines Spiegelbildes.

Er nimmt sich einen Waschlappen und betritt die Duschkabine. Er zittert vor Kälte, während er darauf wartet, dass das Wasser aus dem Duschkopf eine angenehme Temperatur erreicht. Schließlich stellt er sich unter den Duschkopf. Die Schweißperlen auf seiner Haut werden abgewaschen, die kleinen Gänsehautpickel auf seinen Armen verschwinden, die Antennen legen sich zu den restlichen Haaren auf seinem Kopf, und Frank schließt seine Augen.

Er fällt durch einen dichten Nebel, der sich allerdings mit jedem Meter, den er weiter hinabstürzt, etwas mehr auflöst, bis er auf dem Boden aufschlägt. Frank braucht mehrere Anläufe, um sich aufzurappeln. Er schaut sich um und sieht, dass er in einem Gang steht. Der Gang erinnert ihn stark an jenen, in dem er noch vor Kurzem stand. Die Wände am einen Ende des Ganges sind dunkel, neblig und wirken nicht wie eine feste Masse - fast wie Zuckerwatte, denkt Frank. In die andere Richtung werden die Wände wiederum fester und heller. Verstreut über die Wände sind viele Bilderrahmen zu sehen. Frank macht einen Schritt in die eine Richtung, dann in die andere, und immer so weiter. Seine Schritte hallen laut von den hellen Wänden zurück, während sie von den dunklen verschluckt werden. Frank senkt seinen Kopf und sieht einen Riss auf dem Boden zwischen seinen Beinen. Dann blickt er erneut auf und sieht einen Spiegel vor sich. Er starrt seinem Spiegelbild entgegen - und plötzlich, ohne dass er sich selbst bewegt, macht sein Spiegelbild einen Schritt zurück, kopiert sich, sodass er sich selbst zweimal im Spiegel sieht. Jeweils eine Version seines Spiegelbildes läuft aus dem Spiegel heraus in eine der Richtungen des Ganges. Er hört noch die sich entfernenden Schritte, als er seine Augen wieder öffnet.

Seine Haare sind inzwischen völlig durchnässt, und die Wassertropfen plätschern laut auf den Boden der Dusche.

Nachdem Frank seine Haare sowie seinen Körper gewaschen hat, steigt er aus der Dusche und trocknet sich schnell ab. Er zieht sich seine zuvor frisch herausgesuchte Unterwäsche an, legt seine getragene Sportkleidung in den Wäschekorb, nimmt sich sein Handy und verlässt das Badezimmer.

Durch das gekippte Fenster weht ihm kühle Luft auf die Haut. Eilig sucht er sich schnell aus seinem Kleiderschrank eine blaue Jeans, ein weißes Shirt und einen bordeauxroten Strickpulli heraus.

Fertig angezogen geht er in seine Küche und schaut auf die Uhr an der Wand. Es ist mittlerweile 9:43 Uhr. Frank guckt kurz nachdenklich in die Luft und geht dann an seinen Kühlschrank. Nachdem er sich alle Zutaten für ein Omelett zusammengesucht hat, zieht er sein Handy aus der rechten Hosentasche und beginnt, darüber Musik abzuspielen.

Das Brutzeln der Pfanne auf dem Herd vermischt sich mit den Stimmen der Sänger*innen und der Instrumente im Hintergrund. Frank hört bei den meisten Liedern nicht genau auf den Text, doch als er sein Essen auf dem Tisch fertig angerichtet hat und davor sitzt, beginnt er, auf die gesungenen Worte zu achten. In dem Lied, das gerade läuft, erzählen ein Sänger und eine Sängerin aus der Sicht des lyrischen Ichs, wie es vor dem Wintereinbruch noch eine letzte warme Herbstwoche gibt und wie diese sich auf sie auswirkt. Frank schaut währenddessen durch den Raum und isst zufrieden sein Omelett.

Als er sein Geschirr gespült und ein großes Glas Wasser getrunken hat, schaltet er die Musik aus und schaut auf die Digitaluhr seines Handys, die ihm anzeigt, dass es inzwischen

10:10 Uhr ist. Frank läuft schnell in sein Badezimmer und putzt seine Zähne.

Für die nächsten eineinhalb Stunden macht Frank es sich vor seinem Fernseher bequem und schaut einige Folgen verschiedener und ihm unbekannter Sitcoms. Dabei muss er mehrmals schmunzeln, und zum Ende lacht er sogar ausgelassen über einen Witz.

Um 11:55 Uhr schaltet er den Fernseher aus. Frank zieht sein Handy aus der Hosentasche und beginnt, sich eine Spielzusammenfassung des letzten Spiels von Köln anzuschauen. Außerdem verschafft er sich einen groben Überblick über die verschiedenen Spieler des Vereins, um nachher wenigstens ein wenig mitreden zu können.

Bis 12:25 Uhr läuft er durch seine Wohnung. Vor den Fenstern bleibt er jeweils für einen kurzen Moment stehen, lehnt sich ein kleines Stück hinaus und lässt die frische Luft über seine Haut kräuseln.

Frank zieht sich seine Jacke über, kontrolliert, ob er sein Handy und seinen Geldbeutel eingesteckt hat, verlässt seine Wohnung und schließlich das Wohngebäude. Frank hat ein leicht mulmiges Gefühl, als er die Straße entlangschaut und bei jedem vorbeifahrenden Auto überlegt, ob es Jonas, Joshua und Valentin sein könnten.

Frank neigt seinen Kopf und blickt hinauf zum Himmel. Da lässt ihn eine Stimme aus dem Nichts zusammenfahren: „Hi, Frank!" Frank bewegt hektisch seinen Kopf, bis er ein Auto am Straßenrand vor sich stehen sieht und drei Gesichter ihm daraus entgegenlächeln. Frank erwidert freundlich die Begrüßung und setzt sich hinten ins Auto neben Joshua. Während der Fahrt beantworten die drei Franks letzte Fragen und unterhalten sich über zusammengewürfelte Themen. Franks Herzschlag ist zu Beginn noch sehr laut und ungleichmäßig, doch mit der Zeit lehnt er sich auf seinem Sitz zurück und merkt, wie Ruhe in ihm einkehrt.

Die Straßen der Stadt sind extrem voll, und Frank sieht viele Menschen, die alle die gleichen roten Trikots tragen wie Joshua, Valentin und Jonas. Frank beobachtet außerdem die anderen Autos und die starr darin sitzenden Statist*innen, die neben ihnen auf der Straße unterwegs sind. Die Motorgeräusche klingen noch lauter, als wenn er sonst über den Bürgersteig läuft.

Jonas macht vorne laut Musik an, und Frank bewegt seinen Kopf dazu, während die anderen drei mitsingen. Für einen kurzen Moment verändert sich der Beat im Hintergrund und wird für eine Sekunde sehr laut, sodass Frank seine Augen aufreißt. Allerdings scheint es Jonas, Valentin und Joshua nicht aufgefallen zu sein, zumindest zeigen sie keinerlei Reaktion.

Frank lehnt seinen Kopf an die kühle Fensterscheibe und schaut hinaus. Das rote Meer hat sich noch weiter ausgebreitet, und auf einmal stockt Franks Blick. Inmitten der Menge an unzähligen rot gekleideten Statisten, an denen sie vorbeifahren, sieht er ein wehendes rotes Kleid und dann den dazugehörigen Hinterkopf. Frank lächelt, und als er zwinkert, löst sich die Zeitlupe wieder auf, und sie fahren wieder in normalem Tempo über die Straße. Er kneift seine Augen zusammen, schaut konzentriert aus dem Fenster zurück, sieht nochmal, wie sie durch die Menge weht. Dann wendet er seinen Kopf wieder nach vorne.

„Seit wann seid ihr Fans von Köln?", unterbricht Franks Stimme die Musik im Auto, und Jonas dreht die Lautstärke ein wenig herunter, bevor er auf Franks Frage antwortet. „All unsere Väter sind miteinander befreundet und Köln-Fans, und als wir alt genug waren, haben sie uns mit ins Stadion genommen. Wir hatten nicht wirklich eine Wahl, wenn man ehrlich ist", sagt Jonas, und alle drei lachen im Chor.

Die restliche Fahrt vergeht schnell, allerdings brauchen sie etwa zehn Minuten, um einen Parkplatz zu finden. Sie beschließen, sich bei einem Currywurststand ein paar Häuserblöcke weiter noch etwas zu essen zu holen, bevor sie ins Stadion gehen. Wenige Meter vor dem Stand steigt Frank der warme, charakteristische Geruch der Currysoße, Fett und Pommes in die Nase.

Als sie alle aufgegessen haben, werfen sie ihre leeren Teller in den Müll, auf denen nur noch ein letzter Rest roter Currysauce zu sehen ist. Sie mischen sich unter die riesige Menge an Menschen, die alle anscheinend dasselbe Ziel wie sie haben. Frank kommt es so vor, als würde es mit jedem Meter, den sie gehen, um sie herum lauter werden.

Dann sieht er das Stadion, und Frank staunt über die Größe, während sie dem riesigen Kasten immer näherkommen. Nach der Ticketkontrolle läuft Frank Jonas, Valentin und Joshua hinterher auf dem Weg zum richtigen Sitzblock. Als sie ihn gefunden haben und die Treppe hinaufsteigen, senkt Frank seinen Kopf. Als sie auf der Tribüne stehen, hebt er ihn wieder an und blickt sich sprachlos um. Unzählige Sitze mit Menschen darauf - überall um ihn herum, egal wohin er schaut.

„Frank, komm, hier entlang!" Joshuas Stimme reißt ihn aus seiner Überwältigung, und er folgt den Dreien zu ihren Plätzen. „Wie viele Leute passen hier rein?", fragt er Valentin immer noch ungläubig. „50 000 Plätze gibt es insgesamt", erwidert Valentin. Frank formt mit seinem Mund ein Wow und lehnt sich auf dem nicht sonderlich bequemen Stuhl zurück.

In den nächsten zehn Minuten füllen sich alle noch freien Plätze, und die Lautstärke nimmt neue Höhen an. Franks Blick wandert überfordert, aber dennoch fasziniert durch die vielen Reihen und schaut in die verschiedenen Gesichter.

Plötzlich beginnt Musik zu spielen, und alle stehen auf. Frank erhebt sich ebenfalls zögerlich. Valentin erklärt ihm kurz, dass die Fans vor jedem Spiel zusammen ein Lied singen – eine Hymne. Für die nächsten vier Minuten steht Frank unbeholfen in einer riesigen Menschenmenge und hört lächelnd ebendieser Hymne zu. Er merkt erst eine Sekunde zu spät, dass sich alle wieder setzen, und folgt der kollektiven Choreografie leicht verspätet.

Wenige Minuten später stehen die beiden Mannschaften auf dem Spielfeld, und das Spiel beginnt, nachdem der Schiedsrichter in seine kleine Pfeife geblasen hat.

Die nächsten zwei Stunden sind für Frank mit nichts zu vergleichen. Er bekommt einen völlig neuen Eindruck von dem Spiel. Das, was er hier sieht, hat sich über den Fernseher nicht im Ansatz transportiert. Die Fans der zwei Teams um ihn herum brüllen laut durcheinander, ununterbrochen, ohne dass Frank einen Grund dafür erkennen kann. Als Köln das erste Tor des Spiels erzielt, denkt Frank, dass das Stadion explodieren wird, so laut wird es auf den Rängen um ihn herum. Als die gegnerische Mannschaft mit einem Tor nachlegt, wird es still, und Jonas, Joshua und Valentin fluchen neben Frank synchron mit genervten Blicken. Zwei Minuten später wird es aber wieder laut, als die Menge wieder beginnt, ihre Mannschaft anzufeuern. In der 82. Minute des Spiels steht es immer noch eins zu eins, doch dann geht Köln ein weiteres Mal in Führung, und diesmal explodiert das Stadion wirklich. Alle um Frank herum springen laut jubelnd auf, und ein fremder Mann umarmt Frank überschwänglich, was Frank kurz völlig überrumpelt dastehen lässt. Doch dann klatscht er, wie alle anderen um ihn herum, auch in die Hände und setzt sich wieder hin.

Als der Schlusspfiff ertönt, fühlt sich Frank so lebendig wie noch nie, aber gleichzeitig so erschöpft wie nach keiner seiner Laufeinheiten.

Sie bleiben noch kurz sitzen, doch irgendwann gibt Joshua Frank das Handzeichen, ihnen zu folgen, und sie verlassen die

Tribüne. Frank blickt ein letztes Mal zurück auf die riesige, rote Tribüne und die unzähligen Bühnendarsteller*innen, die ebenfalls gerade ihre Plätze verlassen.

Die Treppen nach draußen sind sehr voll, und es geht nur sehr langsam voran. Franks Ohren scheinen verstopft zu sein, denn er hört nur gedämpft und riecht den Garten um ihn herum mit den verschiedensten Duftpflanzen nur unterschwellig, während sie die Stufen aus dem Stadion hinaus heruntersteigen.

Draußen angekommen, machen die vier sich ohne Verzögerung auf den Weg zum Parkplatz. Jonas, Valentin und Joshua sind vollkommen vertieft in ihre Analyse des Spiels und schweben merklich in Siegesfreude.

„Wie fandest du das Spiel, Frank?", fragt Valentin, und Frank merkt, wie sein Ohr und seine Nase wieder aufploppen. Er muss sich kurz die richtigen Wörter zurechtlegen, bevor er erwidert: „Sehr eindrucksvoll. Ich meine, in der letzten Woche habe ich mal ein komplettes Spiel zu Hause geguckt, aber im Stadion ist es nochmal ein völlig anderes Level. Aber es ist auch schon eine ziemliche Reizüberflutung - vielleicht liegt das auch daran, dass ich vorher noch nie im Stadion war." Die drei Männer nicken verständnisvoll und bestätigen, dass sie ihre ersten Stadionbesuche ähnlich in Erinnerung haben.

Wenig später erreichen sie den Parkplatz und das graue Auto von Jonas.

Die Rückfahrt zieht sich durch einen Stau auf den Straßen in die Länge, doch Frank unterhält sich mit den dreien sehr lange und intensiv darüber, in welchen Elternhäusern sie jeweils aufgewachsen sind. Dabei merkt Frank, dass er zum ersten Mal richtig über seine eigene Kindheit nachdenkt, was ihn erschreckt. Allerdings wechseln sie einige Minuten später erneut das Thema, und Franks Kopf hört sofort auf zu dröhnen.

„Frank, wir gehen nach den Spielen immer noch in eine kleine Bar in Heimersdorf und trinken ein Bier. Hast du Lust, noch mitzukommen?", fragt ihn Jonas von vorne. Frank überlegt kurz, sagt dann aber lächelnd zu.

Die Bar, die sie circa 17 Minuten später betreten, ist gemütlich eingerichtet. Der Mann hinter der Theke begrüßt Jonas, Valentin und Joshua, als würde er sie seit Jahren kennen, und reicht kurz darauf auch Frank die Hand. Freudig stellt er sich als Karl Schmidt vor.

Zwanzig Minuten später verabschieden sich die vier Männer von Karl und verlassen die Bar wieder.

Von der Bar aus fahren sie nur noch zehn Minuten, bis sie vor Franks Zuhause halten. Er bedankt sich dafür, fürs Mitnehmen, verabschiedet sich und sieht dem Auto nach, wie es davonfährt.

Zurück in seiner Wohnung zieht er sich seine Schuhe aus, geht ins Wohnzimmer, schaltet den Fernseher ein und legt sich auf sein Sofa.

Frank schaut für einige Minuten noch auf den Bildschirm und sieht, wie die Kandidatin einer Doku-Soap mit 500 Euro in vier Stunden ein Outfit zu einem bestimmten Motto erstellen soll. Doch er muss immer wieder gähnen, und irgendwann schläft er erschöpft ein.

Als Frank wieder aufwacht und auf sein Handy schaut, ist es bereits 18:32 Uhr, und er springt überrascht und ruckartig von den Sofakissen hoch.

Frank geht in die Küche und beginnt, Zutaten für einen Nudelauflauf herauszusuchen.

Nachdem er die gefüllte Form in den heißen Ofen geschoben hat, stellt er sich auf seinem Handy einen 28-minütigen Timer und überlegt, was er mit dieser Zeit anfangen kann. Frank beschließt, einen Kriminalroman zu beginnen, den er vor längerer Zeit von seinen Eltern zum Geburtstag geschenkt bekommen hat.

Schnell taucht er in die Welt des Buches ab und seine Augen saugen Wort für Wort auf, wie ein schwarzes Loch Materie. Die Stille der Konzentration zerbricht, als das schrille Klingeln des Timers ertönt.

Frank zieht sich dicke Ofenhandschuhe über die Hände, um den fertigen Nudelauflauf aus dem Ofen zu heben. Doch als er die Ofentür öffnet, schießt ihm eine Welle aus heißem Wasserdampf ins Gesicht, und sieht für einen kurzen Moment nichts als Nebel.

Franks Teller steht leer vor ihm. Er steht auf, spült ihn sauber, räumt ihn wieder weg, deckt die Ofenform mit dem restlichen Nudelauflauf mit Frischhaltefolie ab, stellt sie in den Kühlschrank und geht zur Haustür.

Ihm fällt auf, dass er sein Handy nicht eingesteckt hat. Erst nach einer fünfminütigen Suche findet Frank es wieder. Außerdem nimmt er sich den Kriminalroman vom Küchentisch, verlässt seine Wohnung, schließt die Tür hinter sich ab, geht die Treppe hinunter, verlässt das Gebäude und geht in Richtung der U-Bahn-Station.

Das Gleis ist zu dieser Zeit zu seiner Überraschung sogar relativ voll, und zu seiner Freude muss er nicht allzu lange warten, bis die Bahn laut zischend auf dem Gleis zum Stehen kommt und ihm der markant-vertraute Geruch von Metall und Öl in die Nase sticht.

Frank sucht sich einen Platz, blendet während der Fahrt die Gespräche der Statisten um ihn herum aus und vertieft sich weiter in sein Buch, bis die Bahn etwa 28 Minuten später die Mediapark-U-Bahn-Station erreicht.

Frank knickt die Seite 42 als Lesezeichen um, schlägt sein Buch zu, steht von seinem Platz auf und verlässt die Bahn. Kurz darauf betritt er die Straße vor der U-Bahn-Station.

Frank läuft lächelnd ohne erkennbaren Plan durch die umliegenden Straßen und Parks, bis er durch Zufall den Klavierspieler sieht und sich auf einer Bank nur wenige Meter neben ihm niederlässt. Erneut schlägt er sein Buch auf.

Während er immer weiter in die Geschichte und die Ermittlungen des Detektivs eintaucht, tanzen die Töne des Klaviers zu ihm herüber und bilden eine Blase um ihn herum. Das Musikstück beginnt langsam und melodisch, wird mit der Zeit immer schneller und hektischer, bis der Klavierspielerschließlich nur noch ein paar zarte und sehr melodische Töne spielt. Plötzlich endet es mit ein paar kurzen, fast knallenden Tönen. Daraufhin spielt der Mann nochmal dasselbe Stück, als Frank ihn zum ersten Mal in der Stadt gesehen hat. Ohne genau zu wissen, wie viel Zeit vergangen ist, steht Frank irgendwann auf - die Blase zerplatzt. Er legt dem Mann einen Fünf-Euro-Schein in seinen Hut. Dieser schaut Frank sehr dankbar und freundlich an, und Frank erwidert den Blick, bevor er sich wieder umdreht und zurück zur U-Bahn-Station läuft.

Um 22:00 Uhr ist Frank zurück in seiner Wohnung und verlässt kurz darauf für ein weiteres Mal an diesem Tag seine Wohnung mit seiner gefüllten Gießkanne in der Hand.

Auf dem Weg zu dem bepflanzten Podest muss er immer wieder gähnen. Als er schließlich ankommt und seine Gießkanne anhebt, um das Wasser auf die Blumen und Erde regnen zu lassen, fällt ihm diese beinahe aus der Hand. Nachdem er das komplette Wasser ausgegossen hat, geht er in die Hocke und schaut ein letztes Mal auf die Blumen und die umherkrabbelnden Tierchen.

Der Rückweg zu seiner Wohnung wirkt für ihn surreal. Er kann sich nicht erinnern, jemals so spät durch die Stadt gelaufen zu sein. Unzählige Menschen ziehen fröhlich lachend an ihm vorbei, und seine Augen treffen ein paar Mal unbeabsichtigt die von anderen Passant*innen, als wäre die Scheibe zwischen ihm und seinen Mitmenschen verschwunden. Es ist, als könnten ihn andere erst jetzt wirklich sehen.

Zurück in seiner Wohnung schleppt er sich müde und mit immer wieder zufallenden Augen in sein Badezimmer, putzt seine Zähne und verteilt ein wenig seiner Hautcreme im Gesicht.

In seinem Schlafzimmer zieht er sich seinen Schlafanzug an, legt seine getragenen Kleidungsstücke auf den Boden - mit dem Gedanken, diese am nächsten Morgen wieder wegzuräumen - und tritt an das Schlafzimmerfenster heran.

Draußen ist es dunkel, allerdings brennen in den vielen Gebäuden der Stadt noch in einer Reihe von Fenstern flackernde Lichter, wie in einem Keller die alten, überholten Deckenlampen. Erneut ist Frank nicht zu 100 % sicher, ob die Lichter gleich ausgehen oder anbleiben. Frank lässt seinen Blick noch einige Male über die Skyline der Stadt streifen, bevor er sich abwendet, erschöpft auf seine Matratze fällt und nur wenige Sekunden später bereits eingeschlafen ist.

14

Der Wecker klingelt

Von draußen hört man vorbeifahrende Autos, Wind und
Vögel.

Frank drückt sich mit seinen Händen von der Matratze hoch
und greift nach seinem Handy auf dem Nachttisch. Er schaltet
den klingelnden Wecker aus und blickt auf das Display mit
dem Riss in der Mitte, der sein Gesicht teilt. Es ist 8:31 Uhr.
Frank öffnet die Suchmaschine auf seinem Handy, um nach
einem Laden in seiner Nähe zu suchen, bei dem er sein
Display reparieren lassen könnte. Doch plötzlich fällt ihm ein,
dass heute Sonntag ist und kein Geschäft offen sein wird.

Frank entdeckt, dass er eine neue Nachricht erhalten hat. Er
drückt auf das Icon der Messenger App und öffnet kurz darauf
den Chat mit seinem Vater. Dieser hat ihm vor etwa einer
Stunde geschrieben und gefragt, ob das gemeinsame
Mittagessen wie geplant stattfinde. Frank antwortet kurz, dass
er wie gewohnt gegen 12:30 Uhr da sein wird. Dann schaltet
er sein Handy wieder aus.

Frank legt sein Handy zurück und hievt sich von seiner
Matratze. Er steht unentschlossen mitten in seinem Zimmer.
Sein Körper wird vom Sonnenlicht getroffen, welches die
Wände und den Boden um ihn herum ebenfalls erhellt. Frank
geht zum Fenster, öffnet es und lehnt sich ein wenig hinaus.

Nur wenige Fußgänger*innen sind unterwegs. Die grauen
Straßen sind deutlich freier als sonst und wirken beinahe

verlassen. Die wenigen Autos, die auf der Straße unterwegs sind, fahren langsam, als würden sie spazieren.

Der Wind, der durch Franks Haare weht und sie aus seinem Gesicht drückt, ist kühl. Frank muss seine Augen ein wenig zusammenkneifen. Weiter hinten am Himmel sieht Frank ein paar Wolken. Er überlegt, ob es möglicherweise später regnen könnte und ob er sich einen Regenschirm mitnehmen sollte.

Frank macht einen Schritt zurück und schließt das Fenster. Er setzt sich auf die Kante seines Bettes und greift erneut nach seinem Handy. Frank öffnet die Wetter-App und sieht, dass gegen 11:00 Uhr Regen aufziehen wird. Er steckt sein Handy in die Hosentasche seiner Schlafanzughose. Dann steht auf und geht zu seinem Kleiderschrank.

Mit frischer Unterwäsche in der Hand verlässt er sein Schlafzimmer und geht durch den Flur, der durch ein kleines Fenster erhellt wird, ins Badezimmer.

Er spürt die kühlen Fliesen an seinen Fußsohlen, als er den weißen Raum betritt. Seine frische Kleidung legt er auf den Boden und beginnt sich rasch auszuziehen.

Nachdem er seine getragene Unterwäsche in den Wäschekorb gelegt hat, tritt er vor den Spiegel. Er streicht seine Haare nach hinten und blickt in die Augen seines Spiegelbildes. Seine Haut hat sich deutlich verbessert. Er sieht keinen Pickel mehr. Nur ein winziger roter Punkt auf der linken Seite seiner Stirn ist übriggeblieben.

Seine Hand gleitet über sein Kinn, seinen Hals und seine Wangen und wird plötzlich von etwas gestochen. Frank neigt seinen Kopf von einer Seite zur anderen und macht einen unschlüssigen Gesichtsausdruck. Er greift nach Rasierer und Rasierschaum. Dann verteilt er eine großzügige Menge Rasierschaum in seinem Gesicht und auf seinem Hals. Er lässt warmes Wasser in das Waschbecken einlaufen und taucht seinen Rasierer einmal hinein, bevor er diesen an seiner Schläfe ansetzt. Vorsichtig zieht Frank die Klingen über seine Haut, doch muss sein Gesicht aber dennoch verziehen.

Fünf Minuten später wischt er die letzten Reste des Rasierschaums mit einem Waschlappen weg und blickt auf sein komplett frisch rasiertes Gesicht. Nicht sicher, ob er zufrieden ist oder nicht, legt er seinen Rasierer zurück. Er trägt etwas Aftershave auf seiner Haut auf und dreht sich zu der kleinen Duschkabine um.

Es ist unheimlich still. Nur ganz leise hört man durch das geschlossene Fenster Autos vorbeifahren, die aber mehr wie aus einem Film klingen, der auf dem Fernseher, einen Raum weiter, läuft. Frank schaltet entschlossen das Wasser ein, das nur wenige Sekunden später warm wird. Frank stellt sich darunter. Entspannt schließt er seine Augen und lässt das Wasser an seinem Körper hinablaufen. Plötzlich wird das Wasser aber zu heiß und Frank muss einen Schritt zurücktreten und die Temperatur herunterregulieren. Ihm fällt auf, dass er die höchste Stufe eingestellt hat.

Gerade will er seinen eingeseiften Körper wieder abwaschen, da fällt ihm auf, dass er vergessen hat, sich einen

Waschlappen mit in die Dusche zu nehmen. Frank klettert aus der Dusche heraus und nimmt sich einen Waschlappen aus dem Regal neben dem Waschbecken. Auf dem Weg zurück zur Dusche fallen einige Wassertropfen auf den Boden und Frank rutscht zweimal fast aus.

Nachdem er seinen Körper sowie seine Haare ausgewaschen hat, trocknet er sich ab und zieht sich die frische Unterwäsche an.

Frank ist dabei, sich seinen Schlafanzug wieder anzuziehen, da hört er Glockenschläge aus der Ferne. Er zählt mit, bis die Glocke nach insgesamt neun Schlägen wieder verstummt. Im Bademantel verlässt er das grelle, weiße Badezimmer.

In seiner Küche bereitet er sich ein Frühstück zu, bestehend aus Müsli und einer Portion Rührei. Während er an seinem Esstisch sitzt und zufrieden am Essen ist, läuft über sein Handy leise Musik. Nachdem er sein Geschirr wenig später wieder sauber gespült hat, geht er erneut ins Badezimmer. Frank putzt sich schnell die Zähne. Dabei hat er immer noch Musik laufen. Fast tanzend bewegt er sich dabei von einem Bein aufs andere. Er stellt die Popmusik auf seinem Handy noch ein wenig lauter.

Der Zahnpastaschaum im Waschbecken ist fast strahlend weiß und hebt sich nur minimal von dem weißen Porzellan des Waschbeckens ab. Frank spült noch schnell seinen Mund durch und den Zahnpasta-Schaum weg, bevor er das Badezimmer verlässt und sein Schlafzimmer betritt.

Aus seinem Kleiderschrank sucht er sich schnell eine hellblaue Jeans, ein weißes T-Shirt und einen olivfarbenen Kapuzenpulli heraus und zieht sich schnell um.

Er legt seinen Schlafanzug auf sein Bett und räumt die Kleidung vom Vorabend zurück in seinen Schrank. Er betrachtet sich kurz in dem großen Wandspiegel und betritt noch ein letztes Mal sein Badezimmer. Er stylt seine Haare locker zu einem Mittelscheitel und blickt sich zufrieden im Spiegel an. Dann macht er die Tür hinter sich zu und greift sich seine Tasche, Handy und Geldbeutel. In der Küche trinkt er noch ein großes Glas Wasser. Danach zieht er sich eine dünne Jacke sowie seine Schuhe an und öffnet die Tür seiner Wohnung. Er schließt sie ab, geht Treppe hinunter und verlässt das Gebäude um 9:53 Uhr.

Die Straßen sind inzwischen etwas voller geworden. Die Glocken der Kirche beginnen auf einmal laut zu läuten. Frank lächelt, doch er schaut irritiert auf die Digitaluhr seines Handys. Da fällt ihm ein, dass es Sonntag ist und die Glocken für den anstehenden Gottesdienst läuten.

Familien laufen mit fröhlichen Gesichtern an ihm vorbei, wie auf einer Kinoleinwand. Alle gehen in verschiedene Richtungen und Frank blickt ihnen mit neugierigem Blick nach. Ratlos steht er auf dem Bürgersteig, als plötzlich sein Handy in seiner Hosentasche anfängt zu klingeln. Er zieht es schnell heraus, wie eine auslaufende Wasserflasche.

„Ja, hallo." begrüßt Frank seinen Vater am anderen Ende der Leitung. Es knackt und knistert, bis Frank schließlich die Stimme seines Vaters hört. „Hallo Frank, wir müssten das

Mittagessen heute um eine Stunde verschieben, wäre das in Ordnung?". „Ja, das ist kein Problem", antwortet Frank. Nach einer kurzen Verabschiedung steckt Frank sein Handy wieder in die Hosentasche.

Er blickt die Straße herunter und lauscht den lauten, gleichmäßigen Glockenschlägen. Dann dreht er sich um und beginnt die Straße entlangzulaufen in Richtung der Kirche.

Um 10:01 Uhr kommt er vor der Kirche an. Für einen Moment steht er vor dem großen, beeindruckenden Gebäude und schaut staunend daran empor. Er kehrt aus seiner Starre zurück und betritt den Innenraum nach einem Mann, der die Tür für ihn aufhält. Frank bedankt sich kurz und schaut sich um. Die Decken sind sehr hoch und aus Holz, mit vielen Balken, die zusammen ein Muster ergeben. Die Wände sind aus hellgrauem Stein und Frank entdeckt hinter sich ein wunderschönes buntes Fenster, das beinahe zu glühen scheint, so hell scheint das Licht hindurch. Vor ihm liegt ein Gang mit vielen Bänken, die hintereinander aufgereiht stehen. Ganz vorne sieht er den Altar. Unzählige Lichter, die den weiten Raum erhellen und an der Wand ein prächtiges golden verziertes Kreuz. In der Mitte hängt ein Mann - ebenfalls in Gold - mit ausgestreckten Armen. Sein Blick zieht Frank in den Bann, ohne dass dieser erklären könnte wieso. Auf der rechten Seite sieht Frank eine schimmernde rote Orgel. Ein Mann in einem langen Gewand tritt an den Altar und Frank setzt sich auf eine der hinteren Bänke.

Die Worte des Pfarrers sind für Frank sehr schwer aufzunehmen und zu verarbeiten - die Atmosphäre, die während der nächsten 50 Minuten in dem Raum entsteht, überwältigt ihn zu sehr. Frank sitzt still auf seinem Platz, schließt zwischendurch seine Augen, blickt andächtig nach vorne und durch die Gesichter in den Reihen um ihn herum. Die vereinzelten Wörter, die er aufnimmt, kribbeln auf seiner Haut und er spürt jeden einzelnen Muskel seines Körpers.

Plötzlich stimmt die Gemeinde zusammen ein Lied an und Frank lehnt sich zurück. Er blickt nach oben zur Decke, doch sieht kein Loch, durch das der Regentropfen, der seine Wange hinabläuft, heruntergefallen sein könnte.

Alle Menschen in dem Raum um ihn herum erheben sich, Frank folgt dem Beispiel. Sämtliche Stimmen vermischen sich zusammen zu einer sehr lauten gemeinsamen, die eine Art Gedicht spricht.

Schließlich beginnen die Menschen von ihren Plätzen aufzustehen und sich in einer Reihe vor dem Pfarrer aufzureihen, bevor sie das Gebäude der Kirche verlassen. Frank bleibt für zwei Minuten still und völlig überwältigt sitzen, bevor er zitternd das Gebäude verlässt.

Draußen klopft Frank seine Klamotten ab, stellt sich gerade auf und geht los in Richtung der U-Bahn-Station.

Während er durch die bekannte Umgebung läuft, hallen in seinem Kopf die Töne der Orgel nach und brüchige, vereinzelte Teile von Sätzen des Pfarrers. Schließlich erreicht er Vincents Kiosk.

Mit müden Augen und einer Zeitung in der Hand sitzt Vincent in seinem Kiosk und blickt lächelnd auf, als Frank sich nähert. "Hallo Frank, wohin bist du denn heute auf dem Weg?" fragt Vincent. "Zu meinen Eltern. Normalerweise essen wir jeden Samstag bei ihnen zusammen zu Mittag, nur diese Woche am Sonntag, weil sie gestern keine Zeit hatten.", erwidert Frank und Vincent nickt. Frank bestellt sich einen Cappuccino und kurz darauf läuft er mit einem heißen Becher in der Hand die Straße entlang in Richtung der Heimersdorfer U-Bahn-Station.

Frank läuft wie gewohnt die Treppe herunter und geht durch den Gang mit den Werbeplakaten an der Wand zum Gleis. Es riecht streng und intensiv nach Bier, Zigaretten und Urin.

Frank betritt den schwarzen Gummiboden am Gleis. Er nimmt mit ausdruckslosem Blick zur Kenntnis, dass am anderen Ende ein Teil des Gleises abgesperrt ist und einige Techniker an der Decke herumhantieren. Der Bahnsteig ist nicht sonderlich voll, etwa 10 Menschen stehen wartend und verstreut herum auf dem Bahnsteig. Frank stellt sich in die Mitte und tippt mit seinen Fingern auf seinen Beinen herum.

Die nächsten zwei Minuten laufen in Zeitlupe und in schlechter Qualität, mit verschwommenem Bild und Ton.

Er hört langsam die Bahn aus der Ferne näherkommen und wendet seinen Kopf. Frank lächelt, sie rennt die Treppe zum Gleis herunter und ihr rotes Kleid weht um sie herum. Frank blickt in den Tunnel und sieht die Lichter der Bahn, die nicht mehr weit entfernt sind. Plötzlich knallt es und Frank dreht seinen Kopf ein wenig nach rechts. Die Techniker, sowie

Frank und alle anderen Menschen, die auf dem Bahnsteig stehen, schauen erschrocken dabei zu, wie eine große Platte von der Decke hinabfällt, während die Bahn immer näherkommt. Dann erscheint die Frau wieder in Franks Blickfeld. Ihre Augen sind weit aufgerissen auf die herabfallende Platte gerichtet und Frank sieht, wie sie versucht abzubremsen. Doch sie schafft es nicht, stolpert über die Platte hinweg, versucht irgendwo Halt zu finden. Ihr Hilfeschrei schallt laut und verzweifelt durch die Halle, ohne dass auch nur eine Person es schafft zu reagieren. Der Stoff ihres Kleids reißt an den Kanten der Platte auf und sie landet auf den Schienen. Es knallt laut. Frank sieht zu wie die Bahn einfährt.

Die Stille danach schreit und Frank steht regungslos da. Sein Blick ist starr ins Nichts gerichtet und das Einzige, was er hört, sind seine eigenen Atemzüge.

Frank verliert sein Zeitgefühl und er ist taub für alles, was um ihn herum passiert. Irgendwann treffen die Polizei und ein Notarzt ein. Frank wird befragt und beantwortet die Fragen wie bei einem mündlichen Vokabeltest. Anschließend lassen sie ihn gehen.

Raus aus der U-Bahn-Station.

Keine Ersatzverbindung.

Taxi.

Einsteigen, Adresse, Losfahren.

Monolog des Fahrers, stoische Bestätigungslaute.

Kopf am kühlen Fenster.

Blick auf die verschwommene Welt draußen.

Leere, einfach nur Leere.

Später, Frank weiß nicht genau, wie lange sie gefahren sind, stehen sie vor dem Haus seiner Eltern. Er sieht auf einer digitalen Anzeige vorne am Armaturenbrett, dass es 13:23 Uhr ist. Er bezahlt den Mann für die Fahrt, verabschiedet sich und geht auf die Eingangstür zu.

Er stellt sich gerade hin, streicht seine Haare zur Seite und drückt auf die Klingel. Kurz darauf öffnet ihm sein Vater die Tür, sie begrüßen sich kurz mit einem Händedruck, halten für eine Sekunde Augenkontakt und er folgt seinem Vater hinein ins Haus.

Der Esstisch ist bereits gedeckt. Er steht daneben, als wüsste er nicht, an welchem Gleis sein Zug abfährt. Einen Moment später betritt seine Mutter den Raum und er reicht ihr ebenfalls die Hand. Dann setzen sich die Drei an den Tisch. Die Stille um sie herum vermischt sich mit einem Nebel von Stimmen und Geräuschen, die nicht zuzuordnen sind, weshalb er seinen Kopf senkt und immer wieder kurz seine Augen schließt. Er zuckt jedes Mal minimal zusammen, wenn er mit seinem Messer über seinen Teller gleitet, um etwas zu schneiden. Zwischendurch erzählen ihm seine Eltern von ihrer letzten Woche und er erzählt in wenigen Sätzen von seiner eigenen. Ansonsten verläuft das gemeinsame Essen ohne einen einzelnen Ton. Seine Eltern unterhalten sich ein wenig über Politik und fragen ihn zweimal nach seiner Meinung zu einem bestimmten Thema.

Als er sich von den beiden verabschiedet, fühlt sich die Sekunde, die er den Beiden jeweils in die Augen schaut, wie eine Ewigkeit an.

Am Bahnhof muss er nicht lange warten, bis die Bahn zum Kölner Hauptbahnhof kommt.

Die Wagons sind alle voll und er wird für die komplette Fahrt gegen die harte Tür gedrückt.

Als er aus der Bahn aussteigt, zieht er sein Handy aus der Tasche und recherchiert, wie er nach Heimersdorf zurückfahren kann. Ihm wird in roter, fettgedruckter Schrift angezeigt, dass die U-Bahn ausfällt und stattdessen ein Bus fährt. Er folgt den Richtungsangaben, bis er an der richtigen Haltestelle angekommen ist und wartet für sechs Minuten, bis der Bus einfährt. Kein einziger Platz ist besetzt und er setzt sich auf einen Platz am Fenster, bis der Bus in Heimersdorf anhält und er durch die Tür nach draußen geht. Aus dem Augenwinkel sieht er den Eingang der U-Bahn-Station, doch wendet sich ab und folgt der Straße mit geradem Blick, ohne auch nur für eine Sekunde nach links oder rechts zu schauen - bis er vor der Eingangstür seiner Wohnung steht.

Er zieht seine Schuhe aus, hängt seine Jacke auf und setzt sich auf das Sofa im Wohnzimmer. Er schaltet den Fernseher ein und starrt auf die glatte, bunte Oberfläche, ohne zu verstehen, was gezeigt wird.

Irgendwann klingelt es an der Tür und er trottet zu seiner Wohnungstür und öffnet sie langsam. Vor ihm steht Richard Engelbertz in voller Sportmontur und er erinnert sich vage. „Sorry, ich bin gleich soweit. Ich war... unterwegs." sagt er und Richard nickt lächelnd. Er geht in sein Schlafzimmer, zieht sich schnell eine schwarze Sporthose, ein graues Sportshirt und seine Sportschuhe an, geht zurück zu seiner Wohnungstür, schließt ab und verlässt kurz darauf zusammen mit Richard das Gebäude.

Er folgt Richard durch dunkle Gassen und Straßen der Stadt, ohne sich die Umgebung anzuschauen. Richard redet sehr viel und Frank versucht immer wieder den Eindruck erwecken, er höre zu. Er weiß nicht, wie lange sie gelaufen sind, als sie zurück wieder vor seiner Wohnungstür stehen und Richard ihm breit grinsend die Hand reicht. Er nickt ihm kurz zu und betritt einen Moment später seine Wohnung.

Für einige Sekunden steht er ratlos im Eingangsflur, dann geht er ins Schlafzimmer, sucht sich frische Unterwäsche und seinen Schlafanzug zusammen und geht in sein Badezimmer.

Dort entkleidet er sich und betritt die Duschkabine.

Nachdem seine Haare und sein Körper gewaschen sind, steigt er heraus, trocknet sich ab, zieht sich frische Klamotten an, legt die getragenen Klamotten in den Wäschekorb und geht in die Küche.

Er kocht Nudeln, streuselt Käse darüber und nachdem er aufgegessen hat, räumt er sein Geschirr in die Spülmaschine und geht ins Wohnzimmer.

Dort schaut er eine Weile fern und geht anschließend noch ins Badezimmer. Er putzt sich die Zähne und geht ins Schlafzimmer.

Er tritt an das Schlafzimmerfenster heran und steht für eine Weile davor. Er blickt in die Dunkelheit und sieht ein kleines Flugzeug, das sich leuchtend entfernt. Dann dreht er sich um, legt sich in sein Bett und schließt seine Augen.

15

Der Wecker klingelt

Er öffnet seine Augen, streckt sich und schiebt seine Decke
zur Seite.

Er steht von seiner Matratze auf und geht ins Badezimmer.

Er entkleidet sich, legt seine Klamotten auf den Boden und
betrachtet sein Spiegelbild.

Er trottet zur Dusche, schaltet sie an und lässt das Wasser über
seinen Körper laufen.

Irgendwann schaltet er die Dusche ab, steigt aus der
Duschkabine heraus und wirft sich seinen Bademantel über.

Er legt seine Klamotten in seinen Wäschekorb und dann geht
er in die Küche. Dort macht er sich einen Kaffee und macht
sich ein Butterbrot zum Frühstück.

Er geht erneut ins Badezimmer, um sich die Zähne zu putzen.
Anschließend stapft er in sein Schlafzimmer, zieht sich an,
schnappt sich seine Tasche und verlässt die Wohnung.

Er geht zur U-Bahn-Station, um zu seiner Arbeitsstelle zu
fahren.

An der Haltestelle wartet er eine Weile und als die Bahn
schließlich kommt, steigt er ein, fährt einige Stationen, bis er
aussteigt und sich auf den Weg zu seiner Arbeitsstelle macht.
Dort angekommen, tritt er ein, betritt den Fahrstuhl, fährt auf
eine andere Etage, geht zu seinem Schreibtisch und setzt sich

auf seinen Schreibtischstuhl. Für einen Moment blickt er auf den Bildschirm seines Computers, schaltet ihn schließlich ein und beginnt seine Schicht.

Um die Mittagszeit macht er sich auf den Weg zur Cafeteria für seine Mittagspause. Die Bedienung hinter der Theke reicht ihm einen Teller Suppe und er trägt diesen an einen der Tische. Er setzt sich hin, blickt für einen Moment auf seine Spiegelung in der Suppe und beginnt zu essen.

Als er aufgegessen hat, bringt er sein Geschirr weg und kehrt zu seinem Arbeitsplatz zurück.

Am Abend, als seine Schicht vorüber ist, verlässt er das Arbeitsgebäude, geht zur U-Bahn-Station und wartet auf die Bahn. Als diese einfährt, steigt er ein und fährt zurück nach Hause.

Nachdem er an der U-Bahn-Haltestelle angekommen ist, läuft er zu seiner Wohnung. Er schließt seine Haustür auf, zieht seine Schuhe aus, stellt seine Tasche ab und hängt seine Jacke auf. Er begibt sich in seine Küche, kocht sich ein Abendessen und räumt anschließend die Küche auf. Daraufhin schaut er eine Weile fern und geht anschließend noch ins Badezimmer. Er putzt sich die Zähne, geht in sein Schlafzimmer und zieht sich einen Schlafanzug an.

Er tritt ans Schlafzimmerfenster heran und steht für eine Weile da. Er blickt in die Dunkelheit hinaus. Dann geht er schlafen.

16

Der Wecker klingelt

Mein Name ist Theodor Bierbrauer und das ist mein erstes Buch „Der Wecker klingelt". Ich bin zu dem Zeitpunkt dieser Veröffentlichung 19 Jahre alt. Schon in der ersten Klasse habe ich gerne Geschichten geschrieben, damals über eine Eule, namens Eulalia. Gelesen habe ich aber nie sonderlich viel. Wenige Bücher konnten mich richtig packen, sodass ich die Motivation hatte sie zu Ende zu lesen. Im Jahr 2023 habe ich mich zum ersten Mal richtig an einem kreativen Schreibprojekt versucht, damals ein Krimmidinner. Ich habe damals gemerkt, wie viel Spaß ich daran habe und über das nächste Jahr hat sich der Gedanke, ein eigenes Buch zu schreiben, immer mehr gefestigt. 2024 habe ich dann konkret angefangen Ideen zu sammeln und auszuarbeiten. Die finale Idee für diesen Roman kam mir ziemlich plötzlich. Ich habe für diese Idee nie ein genaues Konzept ausgearbeitet, sondern habe einfach drauf los geschrieben. Ich freue mich riesig dieses Buch nun teilen zu können und es ist bestimmt nicht mein letztes Buch.

Danksagung

1

Ich bedanke mich beim Kaufmannsladen in Königswinter, wo ich das erste und letzte Kapitel des Buches geschrieben habe.

2

Mama, Papa, Nora, Opa, Oma, Yuki, Julia, Carlotta, Manuel, Leo, Richard, Vincent, Valentin, Joshua, Lina, Jonas, Marc, Joy, Carla, Melanie, Isak, Sina, Leandra, Emily

Ich will gar nicht mehr sagen als danke. Danke dafür das euch gibt und ihr ein Teil meines Lebens seid. Ihr habt mich zu dem Menschen gemacht, der ich jetzt bin. Ohne euch würde es dieses Buch nicht geben.